Raccoı

Iginio

A cura di 2017 Qem Classic
ISBN-13 978-1544849195
ISBN-10 1544849192

Indice dei contenuti

I fatali

Esistono realmente esseri destinati ad esercitare un'influenza sinistra sugli uomini e sulle cose che li circondano? È una verità di cui siamo testimonii ogni giorno, ma che alla nostra ragione freddamente positiva, avvezza a non accettare che i fatti i quali cadono sotto il dominio dei nostri sensi, ripugna sempre di ammettere.

Se noi esaminiamo attentamente tutte le opere nostre, anche le più comuni e le più inconcludenti, vedremo nondimeno non esservene una da cui questa credenza ci abbia distolti, o a compiere la quale non ci abbia in qualche maniera eccitati. Questa superstizione entra in tutti i fatti della nostra vita.

Molti credono schermirsene asserendo per l'appunto non esser ella che una superstizione, e non s'avvedono che fanno così una semplice questione di parole. Ciò non toglierebbe valore a questa credenza, poichè anche la superstizione è una fede.

Noi non possiamo non riconoscere che, tanto nel mondo spirituale quanto nel mondo fisico, ogni cosa che avviene, avvenga e si modifichi per certe leggi d'influenze di cui non abbiamo ancora potuto indovinare intieramente il segreto. Osserviamo gli effetti, e restiamo attoniti e inscienti dinanzi alle cause. Vediamo influenze di cose su cose, di intelligenze su intelligenze, e di queste su quelle ad un tempo; vediamo tutte queste influenze incrociarsi, scambiarsi, agire l'una sull'altra, riunire in un solo centro di azione questi due mondi disparatissimi, il mondo dello spirito e il mondo della materia.

Fin dove la penetrazione umana è arrivata noi abbiamo portato la nostra fede; il segreto dei fenomeni fisici è in parte violato; la scienza ha analizzato la natura; i suoi sistemi, le sue leggi, le sue influenze ci sono quasi tutte note: ma essa si è arrestata dinanzi ai fenomeni psicologici, e dinanzi ai rapporti che congiungono questi a quelli. Essa non ha potuto avanzarsi di più, e ha trattenuto le nostre credenze sulla soglia di questo regno inesplorato. Poichè nell'ordine dei fatti noi possiamo ammettere delle tesi generali, delle verità complesse; non nell'ordine delle idee.

Dove i fatti sono incerti, le idee sono confuse. Avvengono fatti che non presentano un carattere deciso, sensibile, ben definito, e che la nostra ragione calcolatrice non sa se negare od ammettere. Vi sono perciò idee incomplete, oscure, fluttuanti, che non possono presentarsi mai sotto un aspetto chiaro, e che non sappiamo se accettare o respingere. Questa incertezza di fatti, questa incompletazione di idee, questo stato di mezzo tra una fede ferma e una fede titubante, costituiscono forse ciò che noi chiamiamo superstizione - il punto di partenza di tutte le grandi verità. Perchè la superstizione è l'embrione, è il primo concetto di tutte le grandi credenze.

Qualora io vedo una superstizione impadronirsi dell'anima delle masse, io dico che in fondo ad essa vi è una verità, poichè noi non abbiamo idee senza fatti, e questa superstizione non può essere partita che da un fatto. Se esso non si è ancora rinnovato e generalizzato per confermarla, egli è che la via dell'umanità è lunga - più lunga quelle delle cose - e nessuno può determinare il tempo e le circostanze in cui potrà ripetersi. Gli uomini hanno adottato un sistema facile e logico in fatto di convenzioni; ammettono ciò che vedono, negano ciò che non vedono; ma questo sistema non ha impedito finora che essi abbiano dovuto ammettere più tardi non poche verità che avevano prima negate. La scienza e il progresso ne fanno fede. Del resto, comunque sia, per ciò che è fede nelle influenze buone e sinistre che uomini e cose possono esercitare sopra di noi, non v'è uomo che non ne abbia una più o meno salda, più o meno illuminata, più o meno confermata dall'esperienza della vita. Tutto al più si tratterebbe di riconoscere se essa abbia o no ragione di essere, e fino a qual punto debba venire accettata, non di negarla - poichè l'esistenza di questa fede è indiscutibile.

Io ne trovo dovunque delle prove. Per me l'antipatia non è che una tacita coscienza dell'influenza fatale che una persona può esercitare sopra di noi. Nelle masse ignoranti questa coscienza ha creato la *jettatura*, nelle masse colte la prevenzione, le diffidenza, il sospetto.

Non v'è cosa più comune che udire esclamare: «quell'uomo non mi piace - non vorrei incontrarmi per via con quella persona - mi fa paura - d'innanzi a lui io non sono più nulla - ogni qualvolta mi sono imbattuto in quell'uomo mi è accaduta una sventura.» Nè questa fede che si presenta sotto tanti aspetti, che quasi non avvertiamo, che è pressochè innata con noi come tutti gli istinti di difesa che ci ha dato la natura, è sentita esclusivamente da pochi uomini - essa è, in maggiori o minori proporzioni, un retaggio naturale di tutti.

Questa superstizione accompagna l'umanità fino dalla sua infanzia, è diffusa da tutti i popoli. Gli uomini di genio, quelli che hanno molto sofferto, vi hanno posto maggior fede degli altri. Il numero di coloro che credettero essere perseguitati da un essere fatale è infinito: lo è del paro il numero di quelli che credettero essere fatali essi stessi, Hoffman, buono ed affettuoso, fu torturato tutta la vita da questo pensiero.

Non giova dilungarsi su ciò, perchè la storia è piena di questi esempi, e ciascuno di noi può trovare nella sua vita intima le prove di questa credenza quasi istintiva.

Io non voglio dimostrarne nè l'assurdo nè la verità. Credo che nessuno lo possa fare con argomenti autorevoli. Mi limito a raccontare fatti che hanno rapporto con questa superstizione.

*
**

Nel carnevale del 1866 io mi trovava a Milano. Era la sera del giovedì grasso, e il corso delle maschere era animatissimo. Devo però fare una distinzione - animatissimo di spettatori, non di maschere. Chè se la taccia di fama usurpata, così frequente, e spesso così giusta in arte, potesse applicarsi anche alle feste popolari, il carnevale di Milano ne avrebbe indubbiamente la sua parte. Queste feste non sono più che una mistificazione, ed hanno ragione di esserlo, giacchè le migliaja di forastieri che vengono annualmente ad assistervi non sono però meno convinti di divertirsi. Tutto stava nell'istillar loro la persuazione che il carnevale di Milano fosse la cosa più comica, più spiritosa, più divertente di questo mondo. Una volta infuso questo convincimento, non erano più necessari i fatti per confermarlo - lo scopo di divertire era ottenuto.

Comunque fosse, il Carnevale del 1866 non era meno animato degli altri, e nelle prime ore della sera del giovedì grasso, la popolazione si era versata sulle strade a torrenti. La folla aveva talmente stipate le vie che in alcuni punti era impossibile muoversi e presso la crociera della via di S. Paolo, ove mi trovava io, si era letteralmente pigiati.

Gli onesti milanesi si frammischiavano fraternamente ai forestieri, e si inebriavano del piacere di guardarsi l'un l'altro nel bianco degli occhi - ciò che costituisce l'unico, ma ineffabile divertimento di questo celebre Carnevale.

Non so da quanto tempo io mi trovassi colà, in piedi, in mezzo a quella gran ressa, in una posizione incomodissima, allorchè voltandomi per vedere se v'era mezzo di uscirne, osservai intorno a me uno spettacolo assai curioso.

La folla non si era diradata, ma si era ristretta in modo da lasciare in mezzo a sè uno spazio circolare abbastanza vasto. Nel centro di questo circolo miracoloso v'era un giovinetto che non mostrava aver più di diciotto anni, ma cui, a guardarlo bene, se ne sarebbero dati venticinque, tanto il suo volto appariva patito, e tante erano le tracce che v'erano impresse d'una esistenza travagliata e più lunga. Era biondo e bellissimo, eccessivamente magro, ma non tanto che la bellezza dei lineamenti ne fosse alterata; aveva gli occhi grandi ed azzurri, il labbro inferiore un po' sporgente, ma con espressione di tristezza più che di rancore; tutta la sua persona aveva qualche cosa di femminile, di delicato, di ineffabilmente grazioso, qualche cosa di ciò che i francesi dicono *souple*, e che io non saprei esprimere meglio con altra parola della nostra lingua. La purezza e l'armonia delle sue linee erano meravigliose; egli vestiva con estrema eleganza; e guardava quà e là, un poco alla folla e un poco alle maschere, con aria malinconica e divagata come se si trovasse in quel luogo a suo dispetto, e fosse più occupato di sè che dello spettacolo poco allettante che aveva d'innanzi allo sguardo.

Ma ciò che mi era parso rimarchevole era che egli sembrava non essersi avveduto di quel circolo che s'era formato d'intorno a lui, nè alcuni di quelli stessi che lo avevano formato mostravano di averci posto mente. Non era nulla in ciò di veramente straordinario; pure l'esistenza di uno spazio così vasto in mezzo ad una folla così fitta, in mezzo ad una moltitudine che si moveva, fremeva, ondeggiava come un corpo solo, senza riempire mai il vuoto che s'era formato in quel punto, mi pareva cosa meritevole di attenzione. Si sarebbe detto che da quel giovine emanasse un fluido ripulsivo, una virtù misteriosa atta ad allontanare da lui tutto ciò che lo circondava.

In quell'istante che io lo stava guardando, essendogli stati gettati alcuni confetti, di cui parecchi si fermarono tra le pieghe del suo mantello che teneva avviluppato sul braccio, un fanciulletto si spiccò dal circolo e gli venne d'appresso quasi per domandarglieli, giacchè egli nè li aveva presi, nè aveva scosso il mantello per farli cadere.

Il giovine lo guardò con affetto, raccolse le confetture, gliele diede; e prima che si allontanasse gli passò una mano tra i capelli con una specie di tenerezza piena di soavità e di malinconia.

Egli aveva posto tanto affetto in quell'atto che, ove anche la natura non lo avesse dotato di un volto così dolce e così simpatico, lo si sarebbe subito giudicato buono e cortese.

È un fatto che il volto è lo specchio dell'anima: non si può indovinare se la natura abbia dato ella stessa un'espressione buona ai buoni, e cattiva ai cattivi; o se la bontà e la malvagità umana possano talmente agire sulle nostre fattezze da modificarle e da imprimervi il loro suggello; ma egli è ben certo che il cuore trasparisce dal viso, anche da quelli la cui bellezza vorrebbe nascondere un animo turpe, o la cui laidezza uno onesto.

Io non mi sarei stancato mai di guardarlo. Non so se le affezioni degli altri uomini sieno governate da questa legge di simpatie e di antipatie improvvise, energiche, inesorabili cui vanno soggette le mie, - per me l'innamorarmi di un uomo o di una donna, il concepire un'inclinazione od un'avversione irresistibile per una creatura qualunque non fu mai opera che di pochi minuti - ma mi ricordo che l'avrei abbracciato lì sulla via, tanto l'espressione del suo volto era affettuosa, tanto quel linguaggio andava dritto al cuore, senza dar campo alla ragione di discuterci sopra.

Non mi mossi di là finchè non se ne mosse egli pure. La festa incominciava a languire, la folla incominciava a diradarsi, e il crepuscolo ad avvolgere tutta quella scena in una penombra grigia e pesante. Eravamo a due passi da un caffè, ed egli vi entrò con aria d'uomo che non sa come passare il suo tempo, che sente il peso delle sue braccia, delle sue gambe, di tutta la sua persona, e che vorrebbe sbarazzarsene e buttarlo là sopra un divano come un fardello noioso ed inutile. Io era nello stesso caso, non aveva che fare, e gli tenni dietro.

Ci sedemmo di faccia, io a guardarlo, egli a leggere. Se non che egli pareva sì poco occupato della sua lettura, che se anche avesse afferrato il giornale pel rovescio credo che non se ne sarebbe avveduto. I suoi occhi erano fissi sulle colonne di quel diario, ma sembravano guardare di dentro piuttosto che di fuori, parevano aver concentrata tutta la loro virtù visiva in sè medesimi, e non occuparsi che di ciò che avveniva nell'animo del giovine.

Io non aveva però avuto che il tempo di fare questa riflessione, allorchè dietro la vetrina della finestra scorsi un nuovo affollarsi di gente e sentii come delle grida femminili; stavo per alzarmi allorchè si aperse la porta del caffè, e ne fu recato dentro un fanciullo svenuto, il quale era stato travolto dalle ruote di una vettura, e ne aveva avuto un braccio spezzato. Rimasi dolorosamente colpito dal riconoscere in quel fanciullo quello stesso che l'incognito aveva accarezzato in mezzo a quel circolo, e a cui aveva regalato i confetti caduti sul suo mantello.

Per un moto istintivo diressi lo sguardo dalla sua parte, e lo scorsi nell'istante che usciva frettolosamente dalla sala. Il suo volto riflesso in quel momento da uno specchio che era di fronte a me, mi parve pallidissimo.

Io abbandonai poco dopo quel caffè in preda a tristi

pensieri.

In quella sera stessa doveva aver luogo alla Scala una rappresentazione straordinaria.

L'opera annunciata era la *Sonnambula*, e il pubblico vi era accorso numeroso ad ascoltare quella musica divina, così piena, così complessa nella sua semplicità, così affettuosa. Si era rappresentata poco prima l'*Africana* - da Mayerbeer a Bellini la differenza almeno, se non la distanza, era ben grande. Il teatro era illuminato a giorno, la platea era stipata di uditori; e non v'erano altri palchi vuoti da cinque o sei all'infuori, posti tutti nello stesso punto; e in uno dei quali riconobbi con mia grande sorpresa il giovine che aveva veduto poco prima assistendo al corso delle maschere.

Egli era solo e non mi sembrava più nè sì triste, nè sì pensieroso. Vestiva un abito nero molto elegante, ma nulla dimostrava che fosse avvezzo a prendere gran cura della sua persona. Non so se fosse inganno mio, o allucinazione, e che altro, ma egli mi pareva straordinariamente bello, assai più di quanto mi fosse sembrato poche ore prima.

Vi era sul suo volto qualche cosa di luminoso, qualche cosa di quella trasparenza profonda, benchè torbida, benchè appannata, che ha l'alabastro. Egli aveva di fatto la stessa pallidezza: a non guardarne gli occhi, a non esaminare la mobilità prodigiosa dei lineamenti, lo si sarebbe detto morto o impietrito. I suoi capelli conservavano ancora quella finezza, quella arrendevolezza, quella lucidità, quell'arricciamento semplice e naturale che hanno i fanciulli; erano di un biondo meraviglioso, e lucevano come fili d'oro al riflesso delle fiamme dei candelabri. Teneva appoggiato il gomito al parapetto, e la guancia sulla mano: la sua testa così inclinata pareva ancora più bella. Egli aveva quella specie di bellezza che hanno le donne, e che ritrae dalla luce un prestigio misterioso e affascinante. A contemplare dalla platea - d'onde non si vedeva il resto della persona - quella sua testa così diafana e così bianca, la si sarebbe creduta appartenere ad un fanciullo, ad una creatura fragile e delicata, forse ad un essere soprannaturale.

Io solo aveva rimarcato cosa che mi pareva avere una strana relazione con ciò che aveva osservato prima al corso delle maschere, voglio dire quel trovarsi egli così isolato in un palco intorno al quale ve n'erano cinque o sei altri vuoti, mentre non era possibile vederne da tutte le altre parti del teatro un solo che non fosse occupato - bisognava aver osservato prima l'accidente del circolo, per trovar causa di meraviglia in questo fatto, - ma gli spettatori erano stati unanimi nell'avvertire la sua bellezza e nell'ammirarla, nè tardai ad accorgermi che le signore soprattutto ne erano state colpite, e gareggiavano nel dirigere i loro cannocchiali verso il suo palco.

Tra quelle di esse che erano riuscite ad attirarsi più facilmente la sua attenzione, vi era una fanciulla che era pure assai bella, ed occupava un palco non molto lontano da quello del giovine. Come avviene a tutte le ragazze veramente ingenue, non di quella ingenuità convenzionale che esse devono ostentare spesso come una parte di commedia, fino a che il marito non le autorizza a rappresentare una parte diversa, ma di quella ingenuità vera che ha la sua radice nella verginità della mente e del cuore, essa ne era rimasta fortemente e subitamente impressionata. Era troppo giovine per sapersi già infingere, e credo di non essere stato io solo ad avvedermi del suo turbamento e della sua agitazione.

Assistetti per un po' di tempo a quella specie di rapporto misterioso che s'era stabilito tra di loro, mi cacciai come un intruso in quella specie di corrente magnetica che avevano formato i loro sguardi; poi quasi vergognandomi di quello spiare, di quell'ammiccare alla loro felicità, come un pitocco che assista ad un banchetto dalla soglia della stanza, e non possa fruire che del profumo delle salse e delle vivande, mi raccolsi in me stesso, e procurai di rivolgere tutta la mia attenzione allo spettacolo dell'opera.

Dico che me n'era vergognato, ma per me solo. Che se v'è qualche cosa al mondo, d'innanzi alla quale io non sappia nè sogghignare per sprezzo nè piangere per pietà, è la vista di due persone che si amano. Mi sono cacciato spesso di notte sotto i viali pubblici, sotto i boschetti di tigli, appositamente per incontrarvi qualche coppia d'innamorati; e non mi venne mai di passar vicino ad una di esse senza sentirmi compreso da un sentimento di rispetto profondo. Lo confesso, furono quelli i soli istanti della mia vita, in cui i miei simili mi siano sembrati meno tristi del solito.

Era così riuscito a poco a poco ad occuparmi interamente della rappresentazione, e non aveva più alzato gli occhi verso il palco di quello sconosciuto, allorchè avvedendomi d'un movimento improvviso che si manifestava negli spettatori, e scorgendo la folla addensarsi verso la porta, mi mossi io pure e entrato a stento nel vestibolo, vidi passarvi due signori che reggevano sulle loro braccia una fanciulla svenuta, e la trasportavano in una delle sale del teatro.

Non dirò quale fosse la mia meraviglia nel ravvisare in lei quella stessa fanciulla che aveva guardato con tanto affetto e con tanta insistenza il mio incognito. Tutto ciò che era accaduto non poteva essere stato che un capriccio del caso: pure era la seconda volta nel termine di poche ore, che io vedeva una persona alla quale egli aveva dato segno di predilezione, venir colpita improvvisamente da una sventura.

Rientrai nella platea.

Egli occupava ancora il suo posto, era rimasto nella posizione di prima colla guancia appoggiata alla mano; ma il suo volto coloritosi improvvisamente di un rossore vivace, era tornato in un istante di una pallidezza cadaverica. Non era difficile accorgersi che egli soffriva, che s'era avveduto degli sguardi curiosi e quasi reprensivi di cui era fatto oggetto, e che non era rimasto immobile al suo posto che per dissimulare la sua commozione, e per non accusare in certo modo quella specie di complicità che aveva avuto in quell'avvenimento.

Allorchè parve che il pubblico avesse cessato di occuparsi di lui, egli uscì dal teatro, e ne uscii io pure.

Nessuno conosceva forse il caso assai più deplorevole che aveva avuto luogo poche ore prima: nessuno aveva forse rimarcata la circostanza singolare e incomprensibile di quella specie di vuoto che egli pareva formare intorno a sè, nè aveva posto mente ai rapporti che sembravano congiungere tutti questi fatti, ma io ne era tutto in pensiero. Era evidente esservi in lui qualche cosa di inesplicabile e di fatale.

Io lo aveva veduto solo nel seno di uno spazio formato quasi miracolosamente in mezzo ad una folla fittissima, aveva veduto rinnovarsi lo stesso caso in un teatro ripieno di spettatori; aveva veduto un fanciullo che aveva ricevuto le sue carezze venir travolto dalle ruote di una carrozza, e una fanciulla osservata da lui, essere colta da un malessere improvviso. Non mi pareva possibile che una pura combinazione avesse dato luogo a questa serie di avvenimenti. E se così non era, chi era dunque egli? Quale era l'influenza che poteva esercitare quell'uomo?

*
**

Otto giorni dopo io mi trovava al caffè Martini - quel convegno di artisti che non lavorano, di cantanti che non cantano, di letterati che non scrivono, e di eleganti che non hanno uno spicciolo - e si parlava, raccolti in buon numero attorno ad un tavolo, d'una specie di pasticcio di nuova invenzione, qualche cosa di consimile al *pudding*, che era stato aggiunto quel giorno alla nota delle vivande del ristorante.

Da questo soggetto la conversazione era caduta, filtrando per l'idea del *pudding* e dell'oca di cui le classi ricche a Londra usano regalare le classi povere nel giorno di Natale, sul discorso che la regina d'Inghilterra aveva fatto allora al parlamento.

Una frase di questo discorso aveva dato un gran colpo alla discussione e l'aveva gettata di balzo sulle eventualità d'una guerra in Italia. Da ciò, giù per la china delle opinioni e delle anteveggenze personali si era arrivati ai pronostici; e dai pronostici ai presagi; e da questi, entrando nel campo della vita intima, alle fatalità, alle stregature, alle malie; per modo che cinque minuti dopo aver difeso a spada tratta l'eccellenza di questo pasticcio di nuova invenzione, io raccontava a quel circolo di sfaccendati gli avvenimenti incomprensibili di cui era stato testimonio pochi giorni prima a proposito di quel giovine incognito.

Inutile dire che si rise di me e che non mi si volle prestar fede; il fatto della fanciulla svenuta poche sere innanzi era bensì noto, ma le cause, dicevano essi, dovevano essere diverse. Nondimeno il soggetto di questa nuova deviazione del nostro discorso era stato trovato interessante, e la conversazione dopo aver fluttuato su tanti argomenti, si era arrestata saldamente su questo. Ciascuno esponeva le proprie idee, ciascuno aveva qualche cosa a raccontare a questo riguardo. E come avviene ogni qualvolta ci affacciamo a questo mondo pauroso dell'incomprensibile e del soprannaturale, che se ne ride da principio per ostentazione di coraggio e si finisce coll'atterrirsi di ciò che si ascolta, e spesso di ciò che abbiamo raccontato noi stessi, ciascuno di noi si sentiva compreso da un sentimento misto di paura e di meraviglia, e si affannava a riannodare e a rinfocare la conversazione ogni qualvolta questa mostrava di languire, con quell'insaziabilità che hanno i fanciulli di ascoltare i racconti spaventevoli dei maghi e delle fate.

Avevamo pressochè esaurito tutto il repertorio delle nostre cognizioni su questa tesi, allorchè un vecchio artista da teatro che tutti noi conosciamo da tempo - una dalle cariatidi più celebri di quel caffè - si alzò da un tavolo vicino da cui era stato ascoltando, e venne a prender posto nel nostro circolo.

-Il signore ha ragione, disse egli, accennandomi col dito. Io non conosco il giovine di cui egli ha parlato poco fa, e non posso far fede dell'influenza che gli attribuisce, ma che esistano uomini siffattamente fatali, anzi assai più fatali di quel giovine, non è cosa da potersi mettere in dubbio. Chi di voi ha sentito nominare il conte Corrado di Sagrezwitcth?

-Nessuno.

-È strano, giacchè egli si è formato in quasi tutti gli Stati d'Europa e in molte delle provincie degli Stati Uniti una terribile reputazione. Egli è considerato come l'uomo più fatale di cui si abbia memoria, la sua presenza segnala dovunque una sventura immancabile, egli si è trovato sempre sul teatro delle calamità più terribili, ha assistito ai disastri più spaventosi. Egli si trovava nell'America del Sud allorchè bruciò la chiesa di S. Jago in cui perirono più di mille persone; egli viaggiava or fanno due anni sulla ferrovia del Pacifico allorchè avvenne quello scontro in cui perdettero la vita più di trecento viaggiatori; egli era a Pietroburgo allorchè rovinò il palazzo del principe di Jakorliff in cui tante nobili dame e tanti dignitari dello Stato trovarono la morte. Nelle miniere irlandesi e in quelle di Alstau Moor in Scozia - luoghi che egli ha spesso visitati - il suo nome non viene ascoltato mai senza spavento; ogni sua visita ha segnalato qualcuna di quelle catastrofi che sono tanto frequenti e tanto temute nelle miniere. Il conte di Sagrezwitcth è stato già parecchie volte in Italia; vuolsi che egli si trovasse a Torino all'epoca della convenzione allorchè avvennero i fatti luttuosi di settembre, ma nessuno, per quanto io sappia, ve lo ha veduto.

-E voi lo conoscete?

-L'ho incontrato quattro volte ne' miei viaggi. Voi sapete che io ho percorso come artista e come impresario teatrale, quasi tutta l'Europa e una buona metà del Nuovo Mondo. È forse perciò che ho potuto essere edotto dell'esistenza di quest'uomo straordinario, e conoscerlo personalmente. La prima volta che lo vidi fu a Berlino dove esordii nel capolavoro di Mozart colla parte di D. Giovanni. Lo incontrai poscia in una sala di caffè a Nuova York, allorchè ferveva ancora in America la guerra di secessione, e precisamente alla vigilia dell'ultima disfatta dei separatisti, e la terza volta che mi imbattei con esso fu di nuovo a Berlino....

-E di che paese è egli?

-Alcuni vogliono americano, alcuni polacco. Nessuno ne conosce con certezza la patria, forse nemmeno il nome. In America si faceva chiamare coll'appellativo di Duca di Nevers, in Europa conservò sempre il nome di conte di Sagrezwitcth; i minatori scozzesi lo chiamano *l'uomo fatale*. Egli parla correttamente molte lingue, ha le abitudini e i costumi di tutti i paesi che ha visitato; in Italia è italiano, in Inghilterra è inglese, e in America è americano modello...

-E che età può avere?

-Mostra cinquant'anni, ma i suoi capelli e la sua barba nerissima non hanno ancora alcun segno di canizie. È un uomo di statura mezzana, di aspetto antipatico, benchè le sue fattezze siano regolari e in qualche modo leggiadre. Porta quasi sempre nell'inverno un berretto di pelo a foggia di turbante, e suol vestire volentieri i costumi dei paesi in cui si trova. A giudicarne dallo sperpero che egli fa ordinariamente del suo danaro, lo si direbbe assai ricco; nondimeno fu visto parecchie volte alloggiarsi in osterie di second'ordine, e tenere un regime di vita molto economico. A Nuova York, per esempio, era bensì alloggiato all'albergo del *Fifth-Avenue*, quel colosso di marmo che ha mille e duecento stanze, ma vi occupava un letto della sala di riposo concessa ai viaggiatori che dispongono di mezzi assai limitati. È fama che egli abbia coscienza della sua fatalità, e che si compiaccia di esercitarla. Quel suo recarsi continuo da un capo all'altro del mondo non può essere senza uno scopo. Del resto si sa che egli non ebbe mai affetti, non amicizie, forse nemmeno conoscenze, toltene alcune poche e superficialissime. Coloro che ne conoscono la potenza lo sfuggono per progetto, quelli che la ignorano, per istinto. - Che vi sieno persone che gli negano questo potere, questa specie di missione arcana e terribile, riprese egli vedendo che alcuni di noi sorridevano con aria di incredulità, è cosa naturalissima. Nessuno può provare che le sciagure avvenute nei luoghi ove egli si è trovato, e negli istanti in cui vi si è trovato, abbiano avuto una causa nella sua volontà, o in ciò che noi chiamiamo la sua influenza. Egli è d'altronde un uomo come tutti gli altri; parla, veste, opera come tutti gli altri; volendo è affabile e gentiluomo, vi è nulla a che opporre; ma parmi cecità il negare cosa che la maggior parte degli uomini ha ammesso, il negare perchè non si comprende.

-Noi non neghiamo, gli diss'io, dubitiamo. Ma, a proposito, avete dimenticato di dirci dove l'avete incontrato la quarta volta.

-Ah! riprese egli un poco rassicurato dalle mie parole. Quest'ultimo incontro ha una data molto recente. Io lo vidi due mesi or sono a Londra, allorchè vi bruciò il teatro della regina. Seppi anzi che egli aveva intenzione di passare presto in Italia, e se egli ha scelto questa stagione per venirvi, vi è nulla di più probabile che le feste del carnevale lo abbiano condotto a Milano.

-A Milano!

-Sì, e desidererei che lo vedeste. Non so dirvi il motivo di questo desiderio, pure mi sembra che al solo vederlo potreste comprendere il perchè di tante cose che io non posso spiegarvi; mi pare che non potreste più dubitare della verità della mia asserzione. - Osservereste, riprese egli dopo qualche istante, una cosa assai rimarchevole nel suo abbigliamento, voglio dire la freschezza e la finezza de' suoi guanti che egli suole mutare più volte in un sol giorno, per modo che nessuno l'ha mai veduto a mani scoperte; e un'altra singolarità non meno notevole nella sua persona, cioè la potenza del suo sguardo, un non so che di magnetico e di inesplicabile che vi è in lui, e che vi sforza quasi a guardarlo e a salutarlo vostro malgrado.

-A salutarlo! esclamammo noi sorridendo.

-Sì, a salutarlo.

-Oh! vorrei vederlo!

-Davvero!

-Vorremmo vederlo!

In quell'istante - potevano essere le due dopo mezzanotte - si aperse l'uscio del caffè, e un uomo pingue e tarchiato entrò nella sala. Al ritratto che ci era stato delineato poco prima, al berretto di pelo, alle mani calzate da guanti freschissimi, all'espressione singolare del suo volto, noi non tardammo a riconoscere in lui l'uomo di cui si era parlato. Allora, o fosse meraviglia, o fosse confusione di idee prodotta da quella sorpresa, ci alzammo unanimemente a salutarlo. Egli portò la mano al berretto con atto di cortesia schietto ma moderato, e si sedette all'altra estremità della stanza.

Io non posso esprimere la confusione, la meraviglia, il dispetto che s'impadronì di noi in quell'istante. Comprendevamo di esserci mostrati deboli verso di lui, verso di noi stessi, di esserci mostrati fors'anche ridicoli. Ciascuno era rimasto assorto in questo pensiero, nè aveva osato riprendere la parola. Il silenzio aumentava la nostra confusione.

L'incognito chiese una tazza di *punch* che bevve avidamente. Gettò sulla guantiera uno scudo d'argento, e respinse al cameriere il residuo del prezzo della sua bibita. Il cameriere nell'allontanarsi inciampò del piede nell'estremità della sua sedia e cadde; la guantiera essendogli scivolata di mano, percosse del volto sui cocci della tazza che si era spezzata, e si ferì in modo che il viso gli si coperse in un istante di sangue.

A quella vista ci alzammo tutti come mossi da una sola volontà, e uscimmo a precipizio dalla sala.

*
**

Nei primi giorni della mia residenza a Milano aveva dovuto quasi mio malgrado, stringere conoscenza con una famiglia, la quale per mediazione di amici, mi aveva reso anni prima alcuni servigi assai utili. Abitava essa una di quelle casupole grigie e isolate che fiancheggiano il naviglio dalla parte occidentale della città - una vecchia casupola a due piani che il tetto sembrava comprimere e schiacciare l'uno sull'altro come una cappa pesante di piombo, tanto erano bassi ed angusti. Correvale tutto all'intorno alcuni assiti neri e tarlati su cui si arrampicavano delle zucche nane e dei convolvoli malati di clorosi.

Un setificio vicino l'avvolgeva notte e giorno in un'atmosfera di fumo, l'umido del naviglio aveva prodotto qua e là alcune rifioriture nell'intonaco esterno delle pareti, e le aveva rivestite di muffa e di piccole pianticelle di acetosa; nubi di moscherini entravano per la bocca e pel naso al primo affacciarsi alla finestra; e il cicaleccio, e lo sbattere, e il canticchiare delle lavandaie che risciacquavano, e sciorinavano su quegli assiti e su quelle zucche produceva da mattina a sera un baccano continuato e assordante.

Non vi sono forse a Milano cento persone le quali abitino nel centro della città, e conoscano con esattezza quella parte de' suoi dintorni. Milano è la miniatura esatta di una gran città; ha in piccole proporzioni tutto ciò che è proprio delle grandi capitali. Quel lembo estremo di case che costeggia il naviglio da Porta Nuova a Porta Ticinese è ciò che è la Marinella a Napoli, ciò che è il Temple a Parigi, ciò che è Seven-dials a Londra.

Avverso, mezzo per istinto, mezzo per progetto, a conoscere nuove cose e nuove persone, io ho sempre considerato una conoscenza nuova come un peso nuovo aggiunto alla mia vita - non aveva avuto però a dolermi di quella. Era una famiglia di onesti negozianti arricchitasi mediocremente nel commercio, e venuta ad alloggiare in quella casa solitaria per godervi in pace la piccola fortuna che aveva raggranellato.

Silvia l'unica erede di quella fortuna, era una delle più splendide bellezze che io avessi mai veduto, e non aveva che diciassette anni allorchè io la conobbi. Non era una di quelle beltà fine e delicate che preferiamo spesso alle beltà robuste - l'amore ha fatto da alcuni anni un gran passo verso lo spiritualismo - ma la sua bellezza, benchè ineffabilmente serena benchè fiorente di tutti i vezzi della gioventù e della salute era temperata da qualche cosa di gentile e di pensieroso che non hanno ordinariamente le bellezze di questo genere. Nè io potrei dirne di più; ciascuno di noi porta in sè un ideale diverso di bellezza, e quando si è detto d'una donna: è leggiadra, si è detto tutto ciò che si può dirne. Un pittore, uno scultore potrebbero darne nella loro arte un' immagine meno incompleta, la letteratura non lo può - le altre arti parlano ai sensi, la letteratura alle idee. Ho veduto due incisioni di Jubert, due angeli simboleggiati da due giovinette nude, paffute, rosate, per ciò che è colorito e pienezza di forme, due vere popolane; eppure l'artista aveva saputo dare a quei volti tanta spiritualità che incantavano e non si potevano guardare senza restarne rapiti. Nelle madonne del Carraccio ho osservato lo stesso contrasto. La bellezza di Silvia era di questo genere, risolveva in certo modo lo stesso problema - la spiritualità della materia.

Essa era una di quelle anime semplici, pie, modeste che non sanno aver mai alcun rancore colla vita, ricche di quella cara fatuità che la natura ha dispensato con tanta larghezza alla donna, felici nell'ordine e nella quiete che la loro semplicità medesima ha creato intorno ad esse, e che l'assenza delle loro passioni non può mai turbare.

Durante le mie prime visite, aveva conosciuto in quella famiglia un cugino di Silvia, certo Davide, giovine maturo e positivo che era giunto da poco a Milano, e che era stato un tempo interessato negli affari commerciali di quella casa. Pericoloso come tutti i cugini - non so se parimenti fortunato - non m'era stato difficile accorgermi che egli amoreggiava la fanciulla. Come tutti gli altri uomini non era nè bello, nè brutto - la bellezza dell'uomo è una cifra di cui non si è ancora trovato il valore, anche per la maggior parte delle donne non è che una cosa insignificante; noi cerchiamo nell'uomo un carattere, le donne vi cercano semplicemente un uomo - sono esse che hanno creato quel noto aforismo: un uomo è sempre bello.

Io confesserò che quella scoperta era stata uno dei motivi essenziali che m'avevano indotto a trascurare la conoscenza di quella famiglia. Io non aveva posto occhio nè sulla dote, nè sulla bellezza di Silvia, ma aveva compreso che l'amore di Davide che io credeva corrisposto mi poneva d'innanzi a lui in una certa quale inferiorità di cui mi sentiva umiliato. In ogni uomo che avvicina una donna si suppone il desiderio di corteggiarla; in due uomini che l'avvicinano a un tempo si suppone quasi il dovere di lottare per ottenerne la preferenza. Almeno la società ed il cuore umano hanno ancora di tali pregiudizi: abbiamo mutato vocaboli, ma non abbiamo mutato cose e passioni: presso ogni circolo di donne vi è ancora una piccola corte d'amore intima dove si combatte ad armi cortesi per l'affetto di una dama preferita. E poi io mi sono sempre sentito sì meschino dinnanzi ad un uomo positivo, che non mi bastò mai l'animo di impegnarmi in una lotta qualunque con un nemico siffatto. Che cosa è egli un dotto, un letterato, un sapiente al confronto di ciò che noi chiamiamo un uomo di mondo? È pur poca cosa l'ingegno! Come gli uomini ignoranti, col loro buon senso borghese, grossolano, triviale ci avanzano nella scienza e nella pratica delle cose! Noi non facciamo che inciampare come fanciulli a tutti i più piccoli scogli della vita!

Questa coscienza della mia inferiorità aveva dunque reso meno frequenti le mie visite - io ho ora nella stessa città in cui abito conoscenza di famiglie che mi reco a visitare ogni tre o quattro anni, come tornassi da un viaggio di circonvoluzione attorno al globo - e più tardi, morto il padre di Silvia, che era delle persone della famiglia quella cui era più specialmente obbligato, ne aveva preso pretesto per troncarle completamente.

Era trascorso così pressochè un anno allorchè, pochi giorni dopo quella singolare comparsa del conte di Sagrezwitcth al caffè Martini, m'imbattei in Davide che non aveva più veduto da quel tempo e che mi parve molto mutato.

Egli mi strinse le mani e mi guardò con espressione triste e turbata - quell'espressione mista di ritegno e di confidenza che hanno coloro i quali vogliono farvi comprendere di avere un segreto doloroso, e di non volervelo confidare.

-Non vi si è più veduto in casa di mia cugina, mi diss'egli, la vostra assenza improvvisa ha prodotto una sorpresa un poco penosa in quella famiglia. Perchè voi sapete che mia zia aveva molta confidenza in voi, e poi... si era presa l'abitudine di vedervi. Se sapeste! sono avvenute nuove sciagure in quella casa; Silvia sta per morire....

- Per morire!

-Sì, la poveretta è travagliata da una malattia di consunzione, una malattia misteriosa che i medici non sanno nè conoscere nè definire più esattamente, ma che hanno dichiarata inguaribile. Essa doveva prender marito....

-Voi forse?

-Non io, diss'egli tristamente, un ricco forestiero a cui mi ha posposto, e pel quale ha concepito una passione di cui non l'avrei mai creduta capace. Essa doveva sposarlo allorchè cadde malata, e queste nozze, ancorchè le si facciano ora come credo che abbiano risolto, non potranno aver più alcuna influenza sulla sua salute. Dubito che la felicità abbia potere di farla vivere più lungamente, ma ad ogni modo sarà almeno felice per quei pochi istanti di vita che le rimangono. Sarà felice anche senza di me, aggiunse egli con amarezza. È facile avvedersi che ella deperisce ogni giorno, e che è impossibile arrestare il processo di questo deperimento così rapido e così misterioso.

-Come! io dissi, ella sposerà dunque quel giovane ancorchè tanto inferma come mi dite? Davide scosse la testa con aria di disapprovazione, e rispose:

-Che volete! Hanno deciso così, anzi è lei stessa che ha deciso. Del resto la sua malattia non è una di quelle che costringono al letto, piuttosto una di quelle di cui diciamo: si muore in piedi. Ma perchè non venite a vederci? Son certo che mia zia ne avrebbe gran piacere, e anche Silvia.

-Ci andate ora?

-Ora.

Mi accompagnai con esso. Potevano essere le dieci di sera quando ponemmo piede in quella casa. La zia di Davide, una buona vecchia - la vecchiaia e l'infanzia si toccano, i vecchi sono sempre buoni come i fanciulli - mi accolse con gioia schietta e cordiale, ma temperata da un poco di rimprovero e di mestizia.

-Ci troverete molto mutati, mi diss'ella. Voi non venite più nella casa di un tempo... La povera Silvia.... - E s'interruppe un istante come per soffermarsi sul pensiero di quella sventura - ma passate in questa stanza, la rivedrete voi stesso, ciò le farà piacere; e vi presenterò anche a mio genero.

Entrammo nella camera vicina.

Silvia era seduta sopra una sedia a bracciuoli, una gran seggiola a rotelle, tutta imbottita e tappezzata di velluto turchino; e presso a lei, sopra una seggiola più bassa il giovane sconosciuto che io aveva veduto al corso e al teatro. Egli aveva avvicinata la sua sedia a quella della fanciulla in modo da poter posare il capo sullo stesso bracciuolo su cui ella posava il braccio; e Silvia aveva inclinata la sua testa su quella del giovane con atto di tenerezza commovente.

Dio! quanto mutata! Appena era possibile riconoscerla. Quella fanciulla che io aveva veduto sì robusta, sì serena, sì vivace non era più che un'ombra del passato, non aveva più che un riflesso pallido e incerto della sua bellezza di un tempo. Non che la sua antica avvenenza fosse del tutto svanita, ma si era alterata; era ora un'avvenenza diversa, era la bellezza di un fiore sbocciato all'ombra, di un frutto maturato precocemente perchè roso dal tarlo. Il volto del giovine era pallido, ma quello di Silvia era bianco, più bianco dell'abito lungo e vaporoso che avvolgeva la sua persona, se non che gli zigomi delle guance un po' asciutte erano leggermente rosati, ma senza sfumatura come se vi fossero state sovrapposte due foglie di rosa già scolorite. I suoi capelli avevano quel lucido morto che hanno ordinariamente i capelli degli infermi, e pendevano, non sciolti ma scomposti, sulla testa del giovine che la stava guardando con espressione di pietà inesprimibile.

Il pallore di lui, benchè estremo, non era di quel genere che danno le malattie, ma di quello che dà l'abitudine del pensiero e del dolore. Egli era ancora più bello di quanto mi fosse sembrato al teatro - e questa volta aveva potuto giudicarne davvicino - bello di una beltà più femminile che maschia, ma ad ogni modo assai bello. I suoi capelli biondi e quasi dorati facevano uno strano contrasto così confusi colle trecce nerissime della fanciulla. Io non aveva veduto mai un gruppo così stupendo, un quadro d'amore più spirituale e più puro.

I due amanti si riscossero allo stridere che fece l'uscio nell'aprirsi - essi erano soli nella sala.

-Guarda, Silvia, disse dolcemente la vecchia tenendomi per mano, guarda chi ci ha ricondotto tuo cugino.

E rivolgendosi allo sconosciuto ed a me, pronunciò prima il mio nome, poi quello del giovine che disse essere il barone di Saternez nativo di Pilsen in Boemia.

Ci inchinammo scambievolmente. Egli mi guardò con uno sguardo sì dolce che io gli porsi la mia mano quasi senza avvertirlo.

Scambiate alcune parole, la vecchia, forse per lasciar soli i due giovani, mi trasse presso di sè in un angolo opposto della stanza.

-Che ve ne pare di mio genero? mi chiese ella. E continuò senza aspettare la mia risposta: - un giovine a dovere, sapete, un giovine ricco come il mare; se vedeste i regali che ha fatto alla Silvia!... E poi, di che famiglia! Baroni, e dei più illustri di Boemia. Egli ha dovuto emigrare per affari di politica, credo che volesse far annettere la Boemia al granducato di Sassonia, figuratevi! Ma tanto era lo stesso, oramai egli non aveva più interesse a restare nel suo paese, giacchè era rimasto solo di tutta la sua famiglia. E guardate che bel giovine; non vi offendete - e mi guardò come per interrogarmi, io sorrisi - non vi offendete, ma non credo che ve ne sia al mondo un altro come quello. E pensare... La vecchia s'interruppe come colpita improvvisamente da un triste pensiero.

-Povera Silvia! riprese ella dopo qualche istante. Voi

l'avete veduta prima d'oggi, vi ricordate come era! E adesso! Guardatela. Non sono più di quattro mesi che essa ha incominciato a deperire così; fu dal giorno in cui mio genero è entrato la prima volta nella nostra casa. Ora che avrebbe potuto essere così felice; essa che lo ama tanto, che ne è tanto amata! Ditemi, vi pare che potrà guarire?

-Non vi è pur luogo a dubitarne, io risposi tanto per riconfortarla. Silvia era vissuta finora sì ritirata; sì quieta, sì calma che questo disordine insolito ne' suoi affetti ha gettato un po' di turbamento anche nella sua salute. Ma tutto sarà finito quando ogni cosa sarà rientrata in uno stato normale, quando essi saranno marito e moglie. A proposito, ho sentito da vostro nipote che ciò deve avvenire assai presto.

-Fra otto giorni, disse la vecchia, e spero che in quella circostanza sarete dei nostri. Son essi che hanno voluto così, e i medici non l'hanno disapprovato. Silvia è ancora abbastanza forte per sopportare il moto della carrozza fino alla Chiesa; d'altronde ne siamo a due passi. - Sarà una festa un po' triste, aggiunse ella stringendomi la mano, ma voi non rifiuterete di prendervi parte.

La ringraziai, e l'assicurai che vi sarei venuto. Passai tutto il rimanente di quella sera agitato da pensieri strani e tumultuosi, diviso tra la simpatia irresistibile che mi inspirava il fidanzato di Silvia, e la ripugnanza che faceva nascere in me l'idea di quella missione fatale che pareva esercitare. Giacchè non v'era più dubbio; quel giovine sì bello, sì dolce, sì attraente spargeva d'intorno a sè la desolazione e la sventura, lasciava delle tracce spaventose sulla sua via. Tutti gli esseri che egli prediligeva soccombevano a questa influenza; il fanciullo delle maschere, la signora del teatro, Silvia, quella stessa Silvia già così bella, così spensierata, così fiorente facevano fede di questo suo potere terribile. E ne fosse egli o no consapevole, questo potere non era meno reale e meno funesto; era dovere e pietà il prevenirne le vittime, il sottrarle all'influenza incomprensibile di quell'uomo.

Uscii da quella casa verso mezzanotte. Davide mi accompagnava. Il mio cuore era pieno. Ci avviammo senza profferir parola verso i bastioni.

La notte era fredda ma asciutta; gli ippocastani colle

loro cortecce nere, coi loro fusti alti e slanciati parevano spettri di alberi; il cielo, come avviene nelle notti serene d'inverno, scintillava di miriadi di stelle. Non tardai ad avvedermi che anche l'animo del mio compagno era profondamente turbato.

-Sediamoci, gli dissi accennandogli un sedile di pietra, devo rivelarvi alcune cose che riguardano vostra cugina.

E gli narrai distesamente tutto ciò che aveva osservato a proposito del barone di Saternez, non gli nascosi i miei sospetti, gli parlai del conte di Sagrezwitcth e dell'incontro che ne avevamo fatto al caffè Martini, e conchiusi consigliandolo ad adoperarsi per scongiurare la sventura che minacciava quella casa.

-Vi ringrazio, mi rispose egli dopo avermi ascoltato con molta attenzione; quelle nozze non si faranno, ve ne do la mia parola. Ho potuto esitare fin ora, ma adesso...

-E come intendete di opporvi?

-Non so, vedrete. E aggiunse con voce terribile: no, quelle nozze non si faranno. Io, io stesso le renderò impossibili... perchè... esse non devono farsi. Perchè son io che dovea godere di quella felicità, perchè io lo detesto quell'uomo, perchè è lui che mi ha rapito l'amore di Silvia... perchè io l'odio!

*
**

Al domani mattina Davide venne per tempo a trovarmi in mia casa. Egli era calmo, ma di quella calma fredda e convulsa che si distende come un velo sulle fattezze quando la riflessione ha già concentrato tutta la lotta nel cuore. E delle tempeste del cuore umano come di quelle dell'Oceano: le meno apparenti sono le più profonde.

-Vengo, egli mi disse, a chiedervi alcune notizie riguardo alle rivelazioni che mi avete fatto ier sera. Ci ho pensato tutta notte e non ho chiuso occhio; avrei d'uopo sapere ove abita il conte di Sagrezwitcth, e s'egli è tuttora a Milano. Voi forse potete dirmelo.

-Non lo so, io risposi meravigliato. Ma che! intendereste forse di andarlo a visitare? E a che scopo?

-Voi mi avete parlato, riprese egli, dell'influenza funesta che esercitano questi due uomini, egli ed il barone di Saternez, e del potere che hanno di compiere il male per altre vie che non sia dato di farlo a noi, ne siano essi o no consapevoli. Il conte, mi avete detto possiederebbe in maggior grado questo potere. Ora qualunque siano le cause di questa influenza, qualunque ne sia la natura, se essa esiste, se essa non è pari in ciascuno di loro, avete pensato alle conseguenze che risulterebbero dall'urto di queste due forze, dall'incontro di questi due uomini fatali? Ponetemeli l'uno di fronte all'altro, e se l'esistenza di questo potere è verace, l'uno dovrà distruggere l'altro, la disparità delle forze cagionerà lo squilibrio; la sconfitta del più debole è inevitabile.

-È un trovato abbastanza specioso, io dissi, voi avreste dunque pensato....

-Di fare in modo che il conte di Sagrezwitcth venga a trovarsi alla presenza del mio rivale.

-E avreste in animo di parlare a quel conte?

-Solo che potessi rinvenirlo. Mi era recato perciò da voi, e sono afflitto che non possiate darmi le indicazioni che mi abbisognano. - Ma lo troverò, lo troverò continuò egli con risolutezza. Non vi sono a Milano che pochi alberghi eleganti, nei quali egli possa aver preso alloggio, li girerò tutti, domanderò di lui a tutte le porte, e se egli o qui ancora, o se è partito da poco, non dispero di mettermi sulle sue tracce.

Ciò detto Davide uscì con precipitazione dalla stanza, prima che la mia meraviglia e la mia titubanza tra lo incoraggiarlo o il distoglierlo da quel progetto mi avessero permesso di articolar una parola.

Passai tutto quel giorno in un'inquietudine mortale.

Alla notte, e ad ora assai tarda, ricevetti da Davide una lettera così concepita:

«Io parto in questo momento per Genova, d'onde raggiungerò la mia famiglia in un piccolo villaggio del litorale. È da lungo tempo che meditava questo progetto senza mai sapermi risolvere. Gli avvenimenti già compiuti e quelli che stanno per compiersi m'hanno fatto prendere finalmente questa decisione. Non ho voluto rimanere qui perchè nè la pietà mi distogliesse dalla mia vendetta - se pure io ho il potere di arrestarla - nè la vista del suo compimento, qualunque ella sia per essere, mi opprimesse di rimorsi che non debbo avere; sento il bisogno di dirvi tutto ciò che ho fatto per la salvezza di Silvia. In questo tentativo non vi era egoismo; il suo cuore non mi apparteneva più, nè io voleva pretendervi ancora; io non voleva che la sua felicità. Il disinteresse mio apparirà più sincero dalla rinuncia che farò alla mano di mia cugina, anche allorquando il suo cuore sarà libero e la sua gioventù rifiorita.

Non posso dirvi di più. Ho trovato il conte di Sagrezwitcth e gli ho parlato. Quei due uomini si conoscono. Io non ho alcuna parte in ciò che sta per succedere; ricordatelo bene. Io non poteva nè prevedere, nè arrestare gli avvenimenti che dovranno compiersi; è la mano della fatalità, che li aveva preparati. Io non ne sono stato che uno strumento: ho avvicinato due uomini che dovevano rimanere lontani, ecco tutta la mia responsabilità; ed è l'amore di Silvia che mi ha indotto ad assumerne il peso. Che questa mia giustificazione non sfugga dalla vostra memoria! Mi è impossibile spiegarmi maggiormente. Distruggete subito questa lettera.»

Non mai nella mia vita mi era trovato avvolto in una trama più triste e più complicata. Quali erano i bisogni di Davide? che cosa gli aveva detto il conte di Sagrezwitcth? come poteva egli parlarmi con tanta sicurezza di una vendetta che doveva compiersi senza di lui? e perchè era egli partito? Anche la salvezza di Silvia, se tal cosa era ancora possibile, non mi confortava della mia dispiacenza di aver confidato a Davide il segreto del barone di Saternez, e di averlo messo nella possibilità di vendicarsene. Io era in dovere di rimediare, se lo poteva, al male che aveva fatto. Non mancavano più che sette giorni all'epoca fissata per le nozze, e questa vendetta, il cui scopo era d'impedirle, avrebbe dovuto compiersi in quell'intervallo di tempo.

Risolsi di recarmi a visitare il giovane barone, e secondo ciò che egli avrebbe risposto alle mie insinuazioni, confidargli interamente, o lasciargli sospettare il pericolo che lo minacciava. Distrussi la lettera di Davide: e valendomi dell'indirizzo che egli mi aveva dato del suo rivale, mi recai tosto alla sua casa.

Il barone di Saternez non si mostrò punto meravigliato di vedermi; mi porse la mano con atto di affetto più che di semplice cortesia, e disse: vi aspettava.

-Come! esclamai io sorpreso, voi conoscete dunque lo scopo della mia visita?

-Sì, diss'egli. E dopo un istante di silenzio rispose sorridendo d'un sorriso violento: - io non sono soltanto un uomo pericoloso, sono anche un abile fisionomista. Quando vi ho veduto ieri l'altro per la prima volta, ho indovinato che il vostro cuore era buono, e che se aveste potuto fallire per debolezza o per fine di bene, non avreste indugiato a dolervi delle conseguenze dei vostri errori, e a tentare di ripararvi. In seguito alla visita del vostro amico, il conte di Sagrezwitcth è stato qui due ore or sono. Era dunque naturale che io vi aspettassi.

Io chinai il capo e tacqui:

Egli riprese dopo un nuovo istante di silenzio:

-Non vi affliggete di ciò che avete fatto, non rimproverate a Davide i mali che ha preparato. Ciò che avverrà doveva avvenire. Voi non siete stati che un mezzo nelle mani della fatalità. I sentimenti che vi hanno mossi a prevenire le mie opere sono lodevoli, benchè forse infruttuosi: non ho l'ingiustizia di disconoscerlo. Quell'uomo ed io ci *conoscevamo* da tempo, fors'anche ci *cercavamo*. - Egli pronunciò in modo più inarcato queste parole - Tra me e lui corrono dei rapporti che la natura od il caso hanno posto quasi per dileggio, dei rapporti terribili che un segreto mi vieta di rivelarvi. Il nostro incontro era inevitabile perchè era predestinato. Era necessario che uno di noi due dovesse sparire, perchè due elementi contrari non possono incontrarsi senza lottare; non possono percorrere la stessa via, camminare l'uno a fianco dell'altro, come non avessero che una virtù comune ad esercitare, una missione comune a compiere. Che cosa avreste potuto voi soli sulla mia vita? Voi avete avuto ragione di fare ciò che avete fatto. È la fortuna che vi ha diretti. Era tempo!

S'interruppe, e riprese dopo un altro momento di silenzio in cui io non aveva osato parlare:

-Guardatemi! voi vedete in me un uomo come tutti gli altri, forse apparentemente migliore degli altri; la mia persona non inspira alcuna ripugnanza, il mio viso, i miei modi quella parte dell'anima che la natura ha posto sulle nostre fattezze come per rivelarne le virtù celate nel cuore, non hanno nulla di odioso, nulla che non sia umano, che non sia dolce, che non sia forse anche attraente. Ebbene, questo giovine che avreste giudicato innocuo, di cui avreste forse ambita l'amicizia non conoscendolo, ha sparso la rovina e la desolazione d'intorno a sè, ha ucciso le persone che lo amavano, ha attraversato la vita e la felicità di tutti coloro che lo conobbero e che lo ebbero caro. Perchè.... sì, voi avete indovinato, voi avete afferrato il suo segreto. Costui, questo miserabile, proseguì egli con crescente esaltazione, non ha avuto finora la virtù di rinunciare ad una esistenza che ne aveva già reso tante infelici; ed ecco la sua colpa. Egli era nato per il bene. La natura gliene aveva posta l'immagine d'innanzi agli occhi come un'ideale brillante, come una meta soave e luminosa. Egli avrebbe voluto amare, beneficare, gioire della felicità che avrebbe sparso d'intorno a sè, gettare delle corone sulle teste di tutti gli uomini.... e un destino crudele, tremendo, ineluttabile lo condannava a compiere il male, a schiacciare sotto il peso della sua fatalità tutti quegli esseri buoni ed affettuosi che lo circondavano.

Tacque, e si coperse il volto colle mani.

-Calmatevi, io dissi, se voi avete questo potere, ne esagerate per certo il valore.

Egli sorrise come per mostrare di compatire al mio dubbio, e riprese:

-No, non ho esagerato. Converrebbe che voi poteste risalire alle sorgenti della mia vita per rinvenire le tracce che essa ha lasciato dietro di sè, e giudicare della loro profondità e della loro estensione. La mia stessa fanciullezza - l'età in cui tutti sono felici - non fu per me che un periodo di tristezza e di dolore. Gli esseri che più mi amavano avevano incominciato a soccombere; i miei fratelli, le mie sorelle, mia madre erano morti; io aveva incominciato ad avvedermi del vuoto che si faceva intorno a me, e a comprendere che vi era qualche cosa di fatale nel mio destino. Rimasi solo al mondo assai presto. Quanto più vedeva dilatarsi il cerchio delle mie relazioni, dei miei affetti, delle mie simpatie, altrettanto vedeva dilatarsi quel vuoto; quanto più entrava nella vita, tanto più entrava nell'isolamento. Ho provato il bisogno dell'amicizia, ho provato la febbre dell'amore.... amici ed amanti sparivano nell'abisso che io scavava loro ai miei piedi. Incominciai ad essere assalito da un dubbio spaventoso: era io fatale a tutto ciò che io amava, a tutto ciò che mi amava? Ritornai sul mio passato, rifeci orma per orma il cammino della mia esistenza, interrogai tutte le rovine che aveva lasciato dietro di me.... Era vero - bisognava crederlo - era terribilmente vero! Allora mi allontanai dalla mia patria, errai pel mondo fuggendo e fuggendomi. La sventura che aveva colpito i miei più cari mi aveva colmato di ricchezze a prezzo della loro vita; benchè di tali ricchezze io non abbia potuto giovarmi che per me solo, benchè nessuno abbia mai potuto essere beneficato da me impunemente. Fu così che vagando di paese in paese io venni a Milano, che fuggendo la folla e la società per rendermi meno fatale, frequentando i quartieri più modesti e più remoti, conobbi Silvia, e ne fui preso irresistibilmente, prima che la coscienza del male che le avrei cagionato, avesse avuto il potere di distogliermi da quell'affetto. Essa mi corrispose. Io era giovine, io era sventurato, io aveva il diritto di dare dell'amore e di chiederne; io che non aveva provato mai la felicità, che non aveva fatto che toglierla altrui senza poterla dare a me stesso, che aveva dovuto sempre gettarla lontano da me come un frutto amaro e vietato. Voi sapete il resto. Voi sapete che sono ora minacciato da un pericolo, e venite per avvertirmene. Ebbene, è troppo tardi - lo scopo della mia vita è raggiunto. La morte - se essa deve colpirmi non ha per me più nulla di amaro e di increscevole: io ho realizzata l'estrema delle mie aspirazioni, e sorrido dell'impotenza di coloro che avrebbero voluto impedirlo.

Egli pronunciò queste parole con una specie di alterezza che diede alla sua fisionomia già tanto soave un'espressione singolarmente severa.

-Sì, è troppo tardi, continuò egli con entusiasmo; voi avete voluto impedire le mie nozze; ebbene, sappiatelo, queste nozze non sono più che un pretesto dinnanzi alla società, che una giustificazione di ciò che l'amore ha già dato spontaneamente. Silvia fu mia! Che monta che essa abbia a morire? E che cosa è egli il morire? Ebbe mai l'amore altra aspirazione? Ebbe egli mai altra ricompensa che questa? O preceduto, o seguito, io invoco ora questa morte che voi avete voluto prepararmi.

-Oh, non io! esclamai, il cielo mi è testimonio se io ho desiderato e preparato la vostra morte. Voi dimenticate che io sono qui in questo momento per avvertirvi di un pericolo, non certo per minacciarvene.

-È vero, rispose egli con dolcezza, perdonate. E mi porse la mano che ritrasse subito, come avesse temuta di offendermi o di nuocermi con quel contatto.

Io lo guardai in volto come per interrogarlo. Egli era sì bello, sì sereno, era tornato sì nobilmente calmo; e v'era qualche cosa di così virile su quel suo viso di fanciulla, e v'era tanta forza in quella sua stessa debolezza, che io compresi come una donna avesse potuto accettare il suo amore anche a prezzo della vita. Ignorava se Silvia avesse conosciuto il segreto di quel giovine, ma sentiva come anche conoscendolo, il sacrificio della sua esistenza avesse dovuto apparirle assai misera cosa in confronto della dolcezza di quell'amore.

Egli conosceva forse il potere della sua bellezza, o mi lesse nell'animo, poichè fece atto di offrirmi una seconda volta la mano, e mi disse:

-Andate, andate, ve ne scongiuro. Voi siete buono, voi potreste sentire forse un poco di simpatia per me, e io potrei pagare d'ingratitudine il servigio che avete voluto rendermi colla vostra visita. È il mio destino!...

-E sia pur tale, interruppi, io non lo temo. - E afferrai la sua mano che mi strinsi al cuore. - Io vi aveva giudicato diverso, io aveva voluto impedire una sventura; fu tutta mia la colpa.

-Non vi torturate con questo pensiero, disse egli. Non sono io colui che potrà credere alla libertà delle azioni umane - l'arbitrio è una menzogna - la volontà non è che la prescienza di un atto già preordinato; essa non ha alcun peso sulla bilancia su cui si librano tutte le cose della vita - sulla bilancia del destino.

Io crollai il capo con espressione di dubbio. Egli osservò quell'atto e riprese:

-No, io non tenterò alcuna via per allontanare da me quel pericolo; sarebbe inutile. Ad ogni modo vi ringrazio.

-Vi rivedrò ancora? io chiesi, quasi dubitoso di lasciarlo così fermo in quel proposito.

Egli sorrise con espressione di gratitudine, e disse: - quando vorrete, a domani?

-A domani.

Ometto il racconto delle mie relazioni col barone di Saternez durante quei sette giorni che precedettero le sue nozze. Fu per esse che io potei formarmi un'idea meno inesatta del suo carattere, quantunque non mi fosse mai dato di penetrare nel segreto della sua vita, più di quanto non mi fosse stato possibile nel nostro primo incontro. Aveva nondimeno conosciuto tanto di lui da potermi formare una convinzione a suo riguardo. Egli era indubbiamente onesto, indubbiamente buono. Ho conosciuto pochi uomini che presentassero nella loro indole una mistura di debolezza e di forza più singolare - intendo quella debolezza che sta nella sensibilità, nell'attitudine a ricevere potentemente le impressioni, non nella fiacchezza del carattere. Era scettico di mente e credente di cuore: la sventura non lo aveva prostrato, ma lo aveva reso vecchio anzi tempo, per modo che compariva giovine o vecchio a intervalli, secondo l'impulso interno che riceveva dalle sue passioni. E benchè sembrasse naturalmente espansivo, come tutti i buoni, non lo era; che forse quel tristo potere di cui si credeva dotato l'aveva ammaestrato a nascondere e a dissimulare; nè mai da quei giorno, per quanto mostrasse di avermi caro, rialzò quel velo che si distendeva sul suo passato, e di cui mi aveva sollevato un lembo in quel primo momento di espansione.

Mi era sembrato in quei giorni che la sua indole non fosse così malinconica, come lo aveva giudicato dapprincipio, ma mi era poi avveduto facilmente che vi era qualche cosa di violento, di forzato, di convulso nella sua gioia, e che egli viveva sotto l'apprensione di un pensiero che lo riempiva di terrore. Passava dagli eccessi dell'ilarità, agli eccessi della tristezza; spesso pareva calmo, e affettava una serenità d'animo che non sentiva. Ma ciò era per Silvia. Essa lo amava con quella specie di cecità che non vede nulla.

Aveva fatto in quei giorni con me lunghe passeggiate, e mi aveva fatto osservare nella campagna alcune prospettive e alcuni effetti di luce e di neve che sarebbero sfuggiti ad una mente nè poetica, nè osservatrice. Non mostrava di temere il pericolo di cui gli aveva parlato, e non ne fece meco alcun cenno, ma impallidiva visibilmente nel sentir pronunciare il nome del conte. Una notte - mancavano due soli giorni agli sponsali - fui sorpreso nell'incontrarlo in compagnia del conte di Sagrezwitcth lungo un viottolo oscuro e remoto. Tenni lor dietro, ma non giunsi a comprendere una sola parola del loro dialogo vivace ed animato. Essi parlavano una lingua che io non conosceva; e mi parve dal gesto e dall'imperiosità della voce del conte, che questi insistesse in una domanda, cui l'altro si ostinava a rifiutarsi di accondiscendere.

Da quella notte apparve evidente che egli tentava stordirsi, con ogni mezzo possibile, da qualche grande affanno. Egli aveva incominciato a chiedere al vino la dimenticanza di questo dolore segreto, e nel giorno seguente lo aveva ricondotto a casa io stesso in uno stato di ebbrezza assai grave.

Ma abbrevierò la mia narrazione.

Il giorno delle nozze era giunto, e le nozze stesse si erano compiute senza che fosse sorto alcun ostacolo ad impedirle. Una festicciola di famiglia aveva luogo in quella sera; i congiunti e le amiche della sposa erano intervenuti in gran numero.

Silvia era raggiante; il barone di Saternez era così giovanilmente felice, che io mi rallegrava con me stesso della vanità delle minacce di Davide, e fors'anche di quella della pretesa influenza del giovine, a cui era tentato di cessare di credere. Parevami che la prospettiva d'una felicità così grande avrebbe dovuto restituire la salute alla fanciulla, e distruggere in lui quel potere terribile e misterioso di cui si credeva dotato.

Era trascorsa già la mezzanotte, e io pensava, seduto

in un angolo della sala, alla possibilità di questo avvenire dei due giovani, allorchè sentii pronunciare presso di me il nome del duca di Nevers; e mi ricordai tosto essere questo il nome che il conte di Sagrezwitcth aveva portato spesso in America. Trasalii e mi rivolsi. Un servo era entrato nella stanza, e aveva presentato allo sposo un biglietto di visita su cui era impresso quel nome sormontato da una corona di duca. Quello strano visitatore doveva parlar subito al barone di Saternez, e lo attendeva sotto l'atrio della casa.

-È cosa d'un istante, disse il giovine senza manifestare la benchè menoma emozione. Infatti.... io aveva bisogno di parlare a quell'uomo. Sarò di ritorno tra pochi minuti.

Strinse la mano a Silvia, e discese. Nell'aprirsi dell'uscio mi parve d'intravvedere nel fondo dell'atrio il conte di Sagrezwitcth, ma non potrei asserirlo. La persona che si era fatta annunciare col nome di duca di Nevers portava però, come disse in seguito il servo che lo vide, un berretto di pelo assai grande, e guanti di capretto d'una bianchezza irreprensibile.

Lo si attese tutta la notte - una notte fredda e piovigginosa di marzo - ma indarno. Io rinuncio a descrivere la desolazione di quella famiglia; sarebbe compito superiore alla parola. Al domani si leggeva nelle cronache dei giornali: «Un giovine straniero domiciliato da qualche tempo nella nostra città, ove era giunto con passaporto falso sotto il nome di barone Saternez, boemo; ma il cui vero nome è Gustavo dei conti di Sagrezwitcth, polacco, fu trovato stamane morto dietro i bastioni di Porta Tanaglia, con un coltello immerso nel cuore. Non si conoscono finora nè le circostanze, nè gli autori di questo assassinio.»

Ora quali erano i legami che congiungevano quelle due persone e quei due nomi? Quale era il vero nome di ciascuno di quei due uomini? Lo aveva uno di essi usurpato all'altro, o lo portavano entrambi? E il duca di Nevers! Era questo veramente il casato di Sagrezwitcth che aveva asserito di conoscere il giovine, e col quale costui aveva detto di avere alcuni rapporti che non poteva rivelare? È un enigma che nè io, nè alcuno di coloro a cui ho raccontato questa storia ha potuto mai decifrare.

Del resto Silvia guarì - fosse caso, fosse natura del male, guarì; benchè le piaghe del suo cuore non si siano mai rimarginate. La sua famiglia ha venduto quella casa grigia e ammuffita che abitava qui, e si è domiciliata in un piccolo villaggio della Brianza. L'uomo conosciuto sotto il nome di conte di Sagrezwitcth non fu mai più visto a Milano. Di Davide non seppi più nulla.

Sono scorsi due anni dalla data di questo avvenimento, e nessuna luce fu fatta su questo delitto.

Le leggende del castello nero

«Non so se le memorie che io sto per scrivere possano avere interesse per altri che per me - le scrivo ad ogni modo per me. Esse si riferiscono pressochè tutte ad un avvenimento pieno di mistero e di terrore, nel quale non sarà possibile a molti rintracciare il filo di un fatto, o desumere una conseguenza, o trovare una ragione qualunque. Io solo il potrò, io attore e vittima a un tempo. - Incominciato in quell'età in cui la mente è suscettibile delle allucinazioni più strane e più paurose; continuato, interrotto e ripreso dopo un intervallo di quasi venti anni, circondato di tutte le parvenze dei sogni, compiuto - se così si può dire d'una cosa che non ebbe principio evidente - in una terra che non era la mia, e alla quale mi avevano attratto delle tradizioni piene di superstizioni e di tenebre; io non posso considerare questo avvenimento imperscrutabile della mia vita che come un enimma insolvibile, come l'ombra di un fatto, come una rivelazione incompleta, ma eloquente d'un'esistenza trascorsa. Erano fatti, od erano visioni? L'uno e l'altro - nè l'uno nè l'altro forse. Nell'abisso che ha inghiottito il passato non vi sono più fatti od idee, vi è il passato: i grandi caratteri delle cose si sono distrutti come le cose, e le idee si sono modificate con esse - la verità è nell'istante - il passato e l'avvenire sono due tenebre che ci avviluppano da tutte le parti, e in mezzo alle quali noi trasciniamo, appoggiandoci al presente che ci accompagna e che viene con noi, come distaccato dal tempo, il viaggio doloroso della vita.

Ma abbiamo noi avuta una vita antecedente? Abbiamo previssuto in altro tempo, con altro cuore e sotto un altro destino, alla esistenza dell'oggi? Vi fu un'epoca nel tempo, nella quale abbiamo abitato quei luoghi che ora ignoriamo, amato quegli esseri che la morte ha rapito da anni, vissuto fra quelle persone di cui vediamo oggi le opere, o cerchiamo la memoria nelle storie o nell'oscurità delle tradizioni? Mistero! - E nondimeno.... sì, io ho sentito spesso qualche cosa che mi parlava d'un'esistenza trascorsa, qualche cosa di oscuro, di confuso, è vero, ma di lontano, di infinitamente lontano. Vi sono delle rimembranze nella mia mente che non possono essere contenute in questo limite angusto della vita, per giungere alla cui origine io devo risalire la curva degli anni, risalire molto lontano.... due o tre secoli.... Anche prima di oggi mi era avvenuto più volte ne' miei viaggi di arrestarmi in una campagna e di esclamare: ma io ho veduto già questo sito, io sono già stato qui altre volte!... questi campi, questa valle, questo orizzonte io li conosco! E chi non ha esclamato talora, parendogli di ravvisare in qualche persona delle sembianze già note: quell'uomo l'ho già veduto: dove? quando? chi è egli? non lo so, ma per fermo noi ci siamo veduti altre volte, noi ci conosciamo! - Nella mia infanzia vedeva spesso un vecchio che certo aveva conosciuto fanciullo, da cui certo era stato conosciuto già vecchio: non ci parlavamo, ma ci guardavamo come persone che sanno di conoscersi da tempo. - Lungo una via di Poole, rasente la spiaggia della Manica, ho trovato un sasso sul quale mi rammento benissimo di essermi seduto, saranno circa settant'anni, e ricordo che era un giorno triste e piovoso, e vi aspettava una persona di cui ho dimenticato il nome e le sembianze, ma che mi era cara. - In una galleria di quadri a Gratz ho veduto un ritratto di donna che ho amato, e la conobbi subito benchè ella fosse allora più giovine, e il ritratto fosse stato fatto forse vent'anni dopo la nostra separazione. La tela portava la data del 1647: press'a poco a quell'epoca, risale la maggior parte di queste mie memorie.

Vi fu un tempo della mia fanciullezza durante il quale non poteva ascoltare la cadenza di certe canzoni che cantano da noi le donne di campagna nelle fattorie, senza sentirmi trasportare ad un tratto in un'epoca così remota della mia vita, che non avrei potuto risalirvi anche moltiplicando un gran numero di volte gli anni già vissuti nell'esistenza presente. Bastava che io ascoltassi quella nota per cadere sull'istante in uno stato come di paralisi, come di letargia morale che mi rendeva estraneo a tutto ciò che mi circondava, qualunque fosse lo stato d'animo in cui essa mi avesse sorpreso. Dopo i venti anni non ho più riprovato quel fenomeno. Non aveva io più ascoltata quella nota? o la mia anima, già abbastanza immedesimata colla vita presente, si era resa insensibile a quel richiamo?

O che la mia natura è inferma, o che io concepisco in

modo diverso dagli altri uomini, o che gli altri uomini subiscono, senza avvertirle, le medesime sensazioni. Io sento, e non saprei esprimere in qual guisa, che la mia vita - o ciò che noi chiamiamo propriamente con questo nome - non è incominciata col giorno della mia nascita, non può finire con quello della mia morte: Io sento colla stessa energia, colla stessa pienezza di sensazione con cui sento la vita dell'istante benchè ciò avvenga in modo più oscuro, più strano, più inesplicabile, E d'altra parte come sentiamo noi di *vivere* nell'istante? Si dice, io *vivo*. Non basta: nel sonno non si ha coscienza dell'esistere - e nondimeno si vive. Questa coscienza dell'esistere può non essere circoscritta esclusivamente negli stretti limiti di ciò che chiamiamo la vita. Vi possono essere in noi due vite - è sotto forme diverse la credenza di tutti i popoli e di tutte le epoche - l'una essenziale, continuata, imperitura forse; l'altra a periodi, a sbalzi più o meno brevi, più o meno ripetuti: l'una è l'essenza l'altra è la rivelazione, è la forma. Che cosa muore nel mondo? La vita muore, ma lo spirito, il segreto, la forza della vita non muore: tutto vive nel mondo.

Ho detto il sonno. E che cosa è il sonno? Siamo noi ben certi che la vita del sonno non sia una vita a parte, un'esistenza distaccata dall'esistenza della veglia? Che cosa avviene di noi in quello stato? chi lo sa dire? gli avvenimenti a cui assistiamo o prendiamo parte nel sogno non sarebbero essi reali? Ciò che noi chiamiamo con questo nome non potrebbe essere che una memoria confusa di quegli avvenimenti?... Pensiero spaventoso e terribile! Noi forse, in un ordine diverso di cose, partecipiamo a fatti, ad affetti, ad idee di cui non possiamo conservare la coscienza nella veglia; viviamo in altro mondo e tra altri esseri che ogni giorno abbandoniamo, che rivediamo ogni giorno. Ogni sera si muore di una vita, ogni notte si rinasce d'un'altra. Ma ciò che avviene di queste esistenze parziali, avviene forse anche di quell'esistenza intera e più definita che le comprende. Gli uomini hanno sempre rivolto lo sguardo all'avvenire, mai al passato; al fine, mai al principio; all'effetto, mai alla causa; e non di meno quella porzione della vita a cui il tempo può nulla togliere o aggiungere, quella su cui la nostra mente avrebbe maggiori diritti a posarsi, e dalla cui investigazione potrebbe attingere le più grandi compiacenze, e gli ammaestramenti più utili, è quella che è trascorsa in un passato più o meno remoto. Perocchè noi abbiamo vissuto, noi viviamo, vivremo. Vi sono delle lacune tra queste esistenze, ma saranno riempiute. Verrà un'epoca in cui tutto il mistero ci sarà rivelato; in cui si spiegherà tutto intero ai nostri occhi lo spettacolo di una vita, le cui fila incominciano nell'eternità e si perdono nell'eternità; nella quale noi leggeremo, come sopra un libro divino, le opere, i pensieri, le idee concepite o compiute in un'esistenza trascorsa, o in una serie di esistenze parziali che abbiamo dimenticate. - Se gli altri uomini serbino o no questa fede, non so; ma ciò non potrebbe nè fortificare, nè abbattere il mio convincimento. Ad ogni modo, ecco il mio racconto.

Nel 1830 io aveva quindici anni, e conviveva colla famiglia in una grossa borgata del Tirolo, di cui alcuni riguardi personali mi costringono a sopprimere il nome. Non erano passate più di tre generazioni dacchè i miei antenati erano venuti ad allogarsi in quel villaggio: essi vi erano bensì venuti dalla Svizzera, ma la linea retta della famiglia era oriunda della Germania: le memorie che si conservavano della sua origine erano sì inesatte e sì oscure, che non mi fu mai dato di poterne dedurre delle cognizioni ben definite: ad ogni modo, mi preme soltanto di accertare questo fatto, ed è che il ceppo della mia casa era originario della Germania.

Eravamo in cinque: mio padre e mia madre, nati in quel villaggio vi avevano ricevuto quell'educazione limitata e modesta che è propria della bassa borghesia. Vi erano bensì delle tradizioni aristocratiche nella mia famiglia, delle tradizioni che ne facevano risalire l'origine al vecchio feudalismo sassone; ma la fortuna della nostra casa si era talmente ristretta che aveva fatto tacere in noi ogni istinto di ambizione e di orgoglio. Non vi era differenza di sorta tra le abitudini della mia famiglia, e quelle delle famiglie più modeste del popolo; i miei genitori erano nati e cresciuti tra di esse, la loro vita era tutta una pagina bianca; nè io aveva potuto attingere dalla loro convivenza, nè trarre dal loro metodo di educazione alcuna di quelle idee, di quelle memorie di fanciullezza che predispongono alla superstizione e al terrore.

L'unico personaggio la cui vita racchiudeva qualche cosa di misterioso e d'imperscrutabile, e che era venuto ad aggiungersi, per così dire, alla mia famiglia, era un vecchio zio legato a noi, dicevasi, da una comunanza d'interessi, di cui però non ho potuto decifrarmi in alcun modo le ragioni, dopo che, e per le morie di lui e per quella di mio padre, io venni in possesso della fortuna della mia casa.

Egli toccava allora - e parlo di quell'età a cui risalgono queste mie memorie - i novant'anni. Era una figura alta e imponente, benchè leggermente curvata; aveva tratti di volto maestosi, marcati, direi quasi plastici; l'andamento fiero quantunque vacillante per vecchiaia, l'occhio irrequieto e scrutatore, doppiamente vivo su quel viso, di cui gli anni avevano paralizzata la mobilità e l'espressione. Giovine ancora, aveva abbracciato la carriera del sacerdozio, spintovi dalle pressioni insistenti della famiglia; poi aveva buttata la tonaca e s'era dato al militare; la rivoluzione francese lo aveva trovato nelle sue file; egli aveva passato quarantadue anni lontano dalla sua patria, e quando vi ritornò - poichè non aveva rotti i voti contratti colla Chiesa - riprese l'abito di prete che portò senza macchie e senza affettazione di pietà fino alla morte. Lo si sapeva dotato d'indole pronta benchè abitualmente pacata, di volontà indomabile, di mente vasta e erudita, quantunque s'adoperasse a non parerlo. Capace di grandi passioni e di grandi ardimenti, lo si teneva in concetto di uomo non comune, di carattere grande e straordinario. Ciò che contribuiva per altro a circondarlo di questo prestigio, era il mistero che nascondeva il suo passato, erano alcune dicerie che si riferivano a mille strani avvenimenti cui volevasi che egli avesse preso parte - certo egli aveva reso dei grandi servigi alla rivoluzione; quali e con quale influenza non lo si seppe mai: egli morì a novantasei anni portando seco nella sua tomba il segreto della sua vita.

Tutti conoscono le abitudini della vita di villaggio; non mi tratterrò a discorrere di quelle speciali della mia famiglia. Noi ci radunavamo tutte le sere d'inverno in una vasta sala a pian terreno, e ci sedevamo in circolo intorno ad uno di quegli ampi camini a cappa sì antichi e sì comodi, che il gusto moderno ha abolito, sostituendovi le piccole stufe a carbone. Mio zio che abitava un appartamento separato nella stessa casa, veniva qualche volta a prender parte alle nostre riunioni e ci raccontava alcune avventure de' suoi viaggi e di alcune scene della rivoluzione che ci riempivano di terrore e di meraviglia. Taceva però sempre di sè; e richiesto della parte che vi aveva preso, distoglieva la narrazione da quel soggetto.

Una sera - lo ricordo come fosse ieri - eravamo riuniti, secondo il solito, in quella sala: era d'inverno, ma non vi era neve; il suolo gelato e imbiancato di brina rifletteva i raggi della luna in guisa da produrre una luce bianca e viva come quella di un'aurora. Tutto era silenzio, e non si udiva che il martellare alternato di qualche goccia che stillava dai ghiacciuoli delle gronde, Ad un tratto un rumore sordo e improvviso di un oggetto gettato nel cortile dal muracciuolo di cinta, viene ad interrompere la nostra conversazione; mio padre si alza, esce e si precipita fuori della porta che mette sulla via. ma non ode rumore alcuno di passi, nè vede per tutto quel tratto di strada che si distende d'innanzi a lui, alcuna persona che si allontani. Allora raccoglie dal suolo un piccolo involto che vi era stato gettato, e rientra con esso nella sala. Ci raccogliamo tutti dintorno a lui per esaminarlo. Era, meglio che un involto, un grosso plico quadrato in vecchia carta grigiastra macchiata di ruggine, e cucita lungo gli orli con filo bianco e a punti esatti e regolari che accusavano l'ufficio di una mano di donna. La carta tagliata qua e là dal filo, e arrossata e consumata sugli orli, indicava che quel piego era stato fatto da lungo tempo.

Mio zio lo ricevette dalle mani di mio padre, e lo vidi tremare ed impallidire nell'osservarlo. Tagliatane la carta, ne trasse due vecchi volumi impolverati; e non v'ebbe gettato su gli occhi, che il suo volto si coperse di un pallore cadaverico, e disse, dissimulando un senso di dolore e di meraviglia più vivo; - è strano! E dopo un breve istante in cui nessuno di noi aveva osato parlare riprese: - è un manoscritto, sono due volumi di memorie che risalgono alle prime origini della nostra famiglia, e contengono alcune gloriose tradizioni della nostra casa. Io ho dato questi due volumi ad un giovine che, quantunque non appartenesse direttamente alla nostra famiglia, vi era congiunto per certi legami che non posso ora qui rivelare. Furono il pegno d'una promessa, cui non io, ma il tempo mi ha impedito di mantenere: sì, il tempo.... aggiunse tra di sè a bassa voce. - Io lo aveva conosciuto all'Università di ***, allorchè vi studiava teologia: egli fu ghigliottinato sulla piazza della Greve, e la sua famiglia fu distrutta dalla rivoluzione saranno ora quarant'anni.... non uno gli sopravvisse... È strano!...

E dopo un breve intervallo, osservando che verso la cucitura dei fogli si era accumulala una polvere rossastra leggerissima, ci disse, come si fosse risovvenuto di un pericolo: - lavatevi le mani. - Perchè?

-Nulla....

Ubbidimmo. Si passò tutta quella sera in silenzio: mio zio era in preda a tristi pensieri, e si vedeva che egli si sforzava di evocare o di scacciare delle memorie assai dolorose. Si ritirò assai presto, si rinchiuse nel suo appartamento, e vi stette due giorni senza lasciarsi vedere.

In quella sera io mi coricai in preda a pensieri strani e paurosi di cui non sapeva darmi ragione. Era preoccupato dall'idea di quell'avvenimento più che non avrei dovuto, più che un fanciullo della mia età non avrebbe potuto esserlo. Indarno io tenterei ora di rendere qui colla parola i sentimenti inesplicabili e singolari che si agitavano dentro di me in quell'istante. Parevami che tra quei volumi e mio zio, e me stesso, corressero dei rapporti che non aveva avvertito fino allora, delle relazioni misteriose e lontane di cui non giungeva a decifrarmi in alcun modo la natura, nè a comprendere il fine. Erano, o mi parevano rimembranze. Ma di che cosa? Non lo sapeva. Di che tempo? Remote. Nella mia giovine intelligenza tutto si era alterato e confuso.

Mi addormentai sotto l'impressione di quelle idee, e feci questo sogno.

Aveva venticinque anni: nella mia mente si erano come agglomerate tutte quelle idee, tutte quelle esperienze, tutti quegli ammaestramenti che il tempo mi avrebbe fatto subire durante gli anni che segnavano quella differenza tra l'età sognata e l'età reale; ma io rimaneva nondimeno estraneo a questo maggiore perfezionamento, benchè il comprendessi. Sentiva in me tutto lo sviluppo intellettuale di quell'età, ma ne giudicava col senno e cogli apprezzamenti propri dei miei quindici anni. Vi erano due individui in me, all'uno apparteneva l'azione, all'altro la coscienza e l'apprezzamento dell'azione. Era una di quelle contraddizioni, di quelle bizzarrie, di quelle simultaneità di effetti che non sono proprie che dei sogni.

Mi trovava in una gran valle fiancheggiata da due alte montagne: la vegetazione, la coltivazione, la forma e la disposizione delle capanne, e un non so che di diverso, di antico nella luce, nell'atmosfera, in tutto ciò che mi circondava, mi dicevano ch'io mi trovava colà in un'epoca assai remota dalla mia esistenza attuale - due o tre secoli almeno. Ma come era ciò avvenuto? come mi trovava in quelle campagne? Non lo sapeva. Ciò era bensì naturale nel sogno: vi erano degli avvenimenti che giustificavano il mio ristarmi in quel luogo, ma non sapeva quali fossero; non aveva coscienza del loro valore, della loro entità, non l'aveva che dalla loro esistenza. Era solo e triste. Camminava per uno scopo determinato, prefisso, per un fine che mi attraeva in quel luogo, ma che ignorava. All'estremità della valle s'innalzava una rupe tagliata a picco, alta, perpendicolare, profonda, solcata da screpolature dove non germogliava una liana; e sulla sua sommità vi era un castello che dominava tutta la valle, e quel castello era nero. Le sue torri munite di balestriere erano gremite di soldati, le porte dei ponti calate, le altane stipate d'uomini e di arnesi da difesa; negli appartamenti del castello era rinchiusa una donna di prodigiosa bellezza, che nella consapevolezza del sogno io sapeva essere la *dama del castello nero* e quella donna era legata a me da un affetto antico, e io doveva difenderla, sottrarla da quel castello. Ma giù nella valle a' piedi della rupe ove io mi era arrestato, un oggetto colpiva dolorosamente la mia attenzione: sui gradini di un monumento mortuario sedeva un uomo che ne era uscito allora; egli era morto e tuttavia viveva; presentava un assieme di cose impossibile a dirsi, l'accoppiamento della morte e della vita, la rigidità, il nulla dell'una temperata dalla sensitività, dall'essenza dell'altra: le sue pupille che io sapeva essere state abbacinate con un chiodo rovente, erano ancora attraversate da due piccoli fori quadrati che davano al suo sguardo qualche cosa di terribile e di compassionevole a un tempo. A quel fatto si legavano delle memorie di sangue, delle memorie di un delitto a cui io avevo preso parte. Fra me e lui e la dama del castello correvano dei rapporti inesplicabili. Egli mi guardava colle sue pupille forate; e col gesto, e con una specie di volontà che egli non manifestava, ma che io, non so come, leggeva in lui, m'incitava a liberare la dama.

Una via scavata lateralmente nella rupe conduceva al castello. Una immensa quantità di proiettili lanciatimi dai mangani delle torri m'impedivano di giungervi. Ma, strana cosa! tutti quei proiettili enormi mi colpivano, ma non mi uccidevano - nondimeno mi arrestavano. Attraverso le mura del castello, io vedeva la dama correre sola per gli appartamenti coi capelli neri disciolti, col volto e coll'abito bianchi come la neve, protendendomi le braccia con espressione di desiderio e di pietà infinita; e io la seguiva collo sguardo attraverso tutte quelle sale che io conosceva, nelle quali aveva vissuto un tempo con lei. Quella vista mi animava a correre in suo soccorso, ma non lo poteva; i proiettili lanciatimi dalle torri me lo impedivano: a ogni svolto del sentiero la grandine diventava più fitta e più atroce; e quegli svolti erano molti - dopo questo un altro, dopo quello ancora un altro.... io saliva e saliva.... la dama mi chiamava dal castello, si affacciava dalle ampie finestre coi capelli che le piovevano giù dal seno, mi accennava colla mano di affrettarmi, mi diceva parole piene di dolcezza e di amore, nè io poteva giungere fino a lei - era un'impotenza straziante. Quanto durasse quella terribile lotta non so; tutta la durata del sogno, tutto lo spazio della notte... Finalmente, e non sapeva in che modo, era arrivato alle porte del castello; esse erano rimaste indifese, i soldati erano spariti: le imposte serrate si spalancarono da sè cigolando sui cardini arrugginiti, e nello sfondo nero dell'atrio vidi la dama col suo lungo strascico bianco, e colle braccia aperte, correre verso di me, attraversando con una rapidità sorprendente, e rasentando appena lo spazzo, la distanza che ci separava. Essa si gettò tra le mie braccia coll'abbandono di una cosa morta, colla leggerezza, coll'adesione di un oggetto aereo, flessibile, soprannaturale. La sua bellezza non era della terra; la sua voce era dolce, ma debole come l'eco di una nota; la sua pupilla nera e velata come per pianto recente, attraversava le più ascose profondità della mia anima senza ferirla, investendola anzi della sua luce come per effetto di un raggio. Noi passammo alcuni istanti così abbracciati: una voluttà mai sentita da me nè prima, nè dopo quell'ora, mi ricercava tutte le fibre. Per un momento io subii tutta l'ebbrezza di quell'amplesso senza avvertirla: ma non m'era posato su questo pensiero, non era appena discesa in me la coscienza di quella voluttà, che sentii compiersi in lei un'orribile trasformazione. Le sue forme piene e delicate che sentiva fremere sotto la mia mano, si appianarono, rientrarono in sè, sparirono; e sotto le mie dita incespicate tra le pieghe che si erano formate a un tratto nel suo abito, sentii sporgere qua e là l'ossatura di uno scheletro.... Alzai gli occhi rabbrividendo e vidi il suo volto impallidire, affilarsi, scarnarsi, curvarsi sopra la mia bocca; e colla bocca priva di labbra imprimervi un bacio disperato, secco, lungo, terribile.... Allora un fremito, un brivido di morte scorse per tutte le mie fibre; tentai svincolarmi dalle sue braccia, respingerla.... e nella violenza dell'atto il mio sonno si ruppe - mi svegliai urlando e piangendo.

Tornai a' miei quindici anni, alle mie idee, a' miei apprezzamenti, alle mie puerilità di fanciullo. Tutto quel sogno mi pareva assai più strano, assai più incomprensibile che spaventoso. Quali erano i sentimenti che si erano impossessati di me in quello stato? Io non aveva ancora conosciuta la voluttà di un bacio, non aveva pensato ancora all'amore, non poteva darmi ragione delle sensazioni provate in quella notte. Ciò non ostante era triste, era posseduto da un pensiero irremovibile; mi pareva che quel sogno non fosse altrimenti un sogno, ma una memoria, un'idea confusa di cose, la rimembranza di un fatto molto remoto dalla mia vita attuale.

Nella notte seguente ebbi un altro sogno.

Mi trovava ancora in quel luogo, ma tutto era cambiato; il cielo, gli alberi, le vie non erano più quelli; i fianchi della rupe erano intersecati da sentieri coperti di madreselve; del castello non rimanevano che poche rovine, e nei cortili deserti e negli interstizi delle stanze terrene crescevano le cicute e le ortiche. Passando vicino al monumento che sorgeva prima nella valle e di cui pure non restavano che alcune pietre, l'uomo abbacinato che stava ancora seduto sopra un gradino rimasto intatto, mi disse porgendomi un fazzoletto bruttato di sangue: - recatelo alla signora del castello. Mi trovai assiso sulle rovine: la signora del castello era seduta al mio fianco - eravamo soli - non si udiva una voce, un eco, uno stormire di fronde nella campagna - essa, afferrandomi le mani, mi diceva: - sono venuta tanto da lontano per rivederti, senti il mio cuore come batte.... senti come batte forte il mio cuore!... tocca la mia fronte e il mio seno: oh! sono assai stanca, ho corso tanto; sono spossata dalla lunga aspettazione.... erano quasi trecento anni che non ti vedeva.

-Trecento anni!

-Non ti ricordi? Noi eravamo assieme in questo castello: ma sono memorie terribili! non le evochiamo.

-Sarebbe impossibile; io le ho dimenticate.

-Le ricorderai dopo la tua morte.

-Quando?

-Assai presto.

-Quando?

-Fra venti anni, al venti di gennaio: i nostri destini, come le nostre vite, non potranno ricongiungersi prima di quel giorno.

-Ma allora?

-Allora saremo felici, realizzeremo i nostri voti.

-Quali?

-Li ricorderai a suo tempo.... ricorderai tutto. La tua espiazione sta per finire, tu hai attraversate undici vite prima di giungere a questa, che è l'ultima. Io ne ho attraversate sette soltanto, e sono già quarant'anni che ho compiuto il mio pellegrinaggio nel mondo: tu lo compirai con questa fra venti anni. Ma non posso rimanere più a lungo con te, è necessario che ci separiamo.

-Spiegami prima questo enimma.

-È impossibile... Può avvenire però che tu lo abbia a comprendere. Ho rinfacciato ieri a lui la sua promessa; te ne ho restituito il mezzo, quei due volumi, quelle memorie scritte da te, quelle pagine sì colme di affetto.... le avrai? Se quell'uomo che ci fu allora sì fatale non t'impedirà di averle.

-Chi?

-Tuo zio.... egli.... l'uomo della valle.

-Egli? mio zio!

-Sì, e lo hai tu veduto?

-Lo vidi, e ti manda per me questo fazzoletto insanguinato.

-È il tuo sangue, Arturo, diss'ella con trasporto, sia lodato il cielo! egli ha mantenuto la sua promessa.

Dicendo queste parole la signora del castello sparì - io mi svegliai atterrito.

Mio zio stette rinchiuso per due giorni nel suo appartamento: appena ne fu uscito mi precipitai nelle sue stanze per impadronirmi di quei volumi, ma non vi trovai che un mucchio di cenere; egli li aveva dati alle fiamme. Quale non fu però il mio terrore quando nel rimescolare quelle ceneri vi rinvenni alcuni frammenti che parevano scritti di mio pugno; e da alcune parole sconnesse che erano rimaste intelligibili, potrei ricostituire con uno sforzo potente di memoria degli interi periodi che si riferivano agli avvenimenti accennati oscuramente in quei sogni! Io non poteva più dubitare della verità di quelle rivelazioni; e benchè non giungessi mai ad evocare tutte le mie rimembranze per modo da dissipare le tenebre che si distendevano su quei fatti, non era più possibile che io potessi metterne in dubbio l'esistenza. Il castello nero era spesso nominato in quei frammenti, e quella passione d'amore che pareva legarmi alla signora del castello, e quel sospetto di delitto che pesava sull'uomo della valle vi erano in parte accennati. Oltre a ciò, per una combinazione singolare altrettanto che spaventevole, la notte in cui aveva fatto quel sogno era appunto la notte del venti gennaio: mancavano adunque venti anni esatti alla mia morte.

Dopo quel giorno io non aveva dimenticato mai quel presagio, ma quantunque non ponessi in dubbio che vi fosse un fondo di verità in tutto quell'assieme di fatti, era riuscito a persuadermi che la mia gioventù, la mia sensibilità, la mia immaginazione, avevano contribuito in gran parte a circondarli del loro prestigio. Mio zio, morto sei anni dopo, mentre io era assente dalla famiglia, non aveva fatto alcuna rivelazione che si riferisse a quegli avvenimenti; io non aveva più avuto alcun sogno che potesse considerarsi come uno schiarimento od una continuazione di quelli; e degli affetti nuovi, e delle cure nuove, e delle nuove passioni erano venute a distogliermi da quel pensiero, a crearmi un nuovo stato di cose, un nuovo ordine di idee, ad allontanarmi da quella preoccupazione triste e affannosa.

Non fu che diciannove anni dopo che io dovetti persuadermi per una testimonianza irrefragabile, che tutto ciò che io aveva sognato e veduto era vero, e che il presagio della mia morte doveva conseguentemente avverarsi.

Nell'anno 1849, viaggiando al Nord della Francia, aveva disceso il Reno fin presso al confluente della piccola Mosa, e m'era trattenuto a cacciare in quelle campagne. Errando solo un giorno lungo le falde di una piccola catena di monti, mi era trovato ad un tratto in una valle nella quale mi pareva esser stato altre volte, e non aveva fatto questo pensiero che una memoria terribile venne a gettare una luce fosca e spaventosa nella mia mente, e conobbi che quella era la valle del castello, il teatro de' miei sogni e della mia esistenza trascorsa. Benchè tutto fosse mutato, benchè i campi, prima deserti, biondeggiassero adesso di messi, e non rimanessero del castello che alcuni ruderi sepolti a metà dalle ellere, ravvisai tosto quel luogo, e mille e mille rimembranze, mai più evocate, si affollarono in quell'istante nella mia anima conturbata.

Chiesi ad un pastore che cosa fossero quelle rovine, e mi rispose: - Sono le rovine del castello nero; non conoscete la leggenda del castello nero? Veramente ve ne sono di molte e non si narrano da tutti allo stesso modo; ma se desiderate di saperla come la so io.... se....

-Dite, dite, io interruppi, sedendomi sull'erba al suo fianco. - E intesi da lui un racconto terribile, un racconto che io non rivelerò mai, benchè altri possano allo stesso modo sapere, e sul quale ho potuto ricostruire tutto l'edificio di quella mia esistenza trascorsa.

Quando egli ebbe finito, io mi trascinai a stento fino ad un piccolo villaggio vicino, d'onde fui trasportato, già infermo a Wiesbaden, e vi tenni il letto tre mesi.

Oggi, prima di partire, mi sono recato a rivedere le rovine del castello - è il primo giorno di settembre, mancano sei mesi all'epoca della mia morte - sei mesi, meno dieci giorni - giacchè non dubito che morrò in quel giorno prefisso. Ho concepito lo strano desiderio che rimanga alcuna memoria di me. Assiso sopra una pietra del castello ho tentato di richiamarmi tutte le circostanze lontane di questo avvenimento, e vi scrissi queste pagine sotto l'impressione di un immenso terrore.»

*
**

L'autore di queste memorie, che fu mio amico e letterato di qualche fama, proseguendo il suo viaggio verso l'interno della Germania, morì il venti gennaio 1850, come gli era stato presagito, assassinato da una banda di zingari nelle gole così dette di Giessen presso Freiburgo.

Io ho trovate queste pagine tra i suoi molti manoscritti, e le ho pubblicate.

La lettera u
(Manoscritto d'un pazzo)

U! U!

Ho io scritto questa lettera terribile, questa vocale spaventosa? L'ho io delineata esattamente? L'ho io tracciata in tutta la sua esattezza tremenda, co' suoi profili fatali, colle sue due punte detestate, colla sua curva abborrita? Ho io ben vergata questa lettera, il cui suono mi fa rabbrividire, la cui vista mi riempie di terrore?

Sì, io l'ho scritta.

Ed eccovela ancora:

U

Eccola un'altra volta

U

Guardatela, affissatela bene - non tremate, non impallidite - abbiate il coraggio di sostenerne la vista, di osservarne tutte le parti, di esaminarne tutti i dettagli, di vincere tutto l'orrore che v'ispira.... Questo U!... questo segno fatale, questa lettera abborrita, questa vocale tremenda!

E l'avete ora veduta?... Ma che dico?... Chi di voi non l'ha veduta, non l'ha scritta, non l'ha pronunciata le mille volte? - Lo so; ma io vi domanderò bensì: chi di voi l'ha esaminata? chi l'ha analizzata, chi ne ha studiato la forma, l'espressione, l'influenza? Chi ne ha fatto l'oggetto delle sue indagini, delle sue occupazioni, delle sue veglie? Chi vi ha posato sopra il suo pensiero per tutti gli anni della sua vita?

Perché.... voi non vedete in questo segno che una lettera mite, innocua come le altre; perchè l'abitudine vi ci ha resi indifferenti; perchè la vostra apatia vi ha distolto dallo studiarne più accuratamente i caratteri.... ma io.... Se voi sapeste ciò che io ho veduto!... se voi sapeste ciò che io vedo in questa vocale!

U

E consideratela ora meco.

Guardatela   bene,   guardatela   attentamente, spassionatamente, fissi!

E così, che ne dite?

Quella linea che si curva e s'inforca - quelle delle due punte che vi guardano immobili, che si guardano immobili -

quelle delle due lineette che ne troncano inesorabilmente, terribilmente le cime - quell'arco inferiore, sul quale la lettera oscilla e si dondola sogghignando - e nell'interno quel nero, quel vuoto, quell'orribile vuoto che si affaccia dall'apertura delle due aste, e si ricongiunge e si perde nell'infinità dello spazio....

Ma ciò è ancor nulla, Coraggio!

Raddoppiate la vostra potenza d'intuizione; gettatevi uno sguardo più indagatore.

Partite da una delle due punte, seguite la curva esterna, discendete, avvicinatevi all'arco, passatevi sotto, risalite, raggiungete la punta opposta....

Che cosa avete veduto?

Attendete!

Compite adesso un viaggio a rovescio. Discendete lungo la linea interna - discendetevi con coraggio, con energia - raggiungete il fondo, arrestatevi, fermatevi un istante, esaminatelo attentamente; poi risalite fino alla punta d'onde eravate partito dapprima...

Tremate? Impallidite?

Non basta ancora!

Posatevi un istante sulle due linee che ne tagliano le punte; andate dall'una all'altra; poi guardate l'assieme della lettera, guardatela d'un sol colpo d'occhio, esaminatene tutti i profili, afferratene tutta l'espressione.... e ditemi se non siete paralizzati, se non siete vinti, se non siete annichiliti da quella vista?!?!

Ecco.

Io vi scrivo qui tutte le vocali:

a e i o u

Le vedete? Sono queste?

a e i o u

Ebbene?!

Ma non basta il vederle.

Sentiamone ora il suono.

A. - L'espressione della sincerità, della schiettezza,

d'una sorpresa lieve ma dolce.

E - La gentilezza, la tenerezza espressa tutta in un suono.

I - Che gioia! Che gioia viva e profonda!

O - Che sorpresa! che meraviglia! ma che sorpresa grata! Che schiettezza rozza, ma maschia in quella lettera!

Sentite ora l'U. Pronunciatelo. Traetelo fuori dai precordi più profondi, ma pronunciatelo bene: *U! uh!! uhh!!! uhhh!!!!*

Non rabbrividite? non tremate a questo suono? Non vi sentite il ruggito della fiera, il lamento che emette il dolore, tutte le voci della natura soffrente e agitata? Non comprendete che vi è qualche cosa d'infernale, di profondo, di tenebroso in quel suono?

Dio! che lettera terribile! che vocale spaventosa!!

Vi voglio raccontare la mia vita.

Voglio che sappiate in che modo questa lettera mi ha trascinato ad una colpa, e ad una pena ignominiosa e immeritata.

Io nacqui predestinato. Una terribile condanna pesava sopra di me fino dal primo giorno della mia esistenza: il mio nome conteneva un U. Da ciò tutte le sventure della mia vita.

A sette anni fui avviato alle scuole.

Un istinto, di cui ignorava ancora le cause, mi impediva di apprendere quella lettera, di scriverla: ogni volta che mi si facevano leggere le vocali mi arrestava, mio malgrado, d'innanzi all'U; mi veniva meno la voce, un panico indescrivibile s'impossessava di me - io non poteva pronunciare quella vocale!

Scriverla? era peggio! La mia mano sicura nel vergare le altre, diventava convulsa e tremante allorchè mi accingeva a scrivere questa. Ora le aste erano troppo convergenti, ora troppo divergenti; ora formavano un V diritto, ora un V capovolto; non poteva tracciare in nessun modo la curva, e spesso non riusciva che a formare una linea serpeggiante e confusa.

Il maestro mi dava del quadrello sulle dita - io m'inacerbiva e piangeva.

Aveva dodici anni, allorchè un giorno vidi scritto sulla lavagna un U colossale, così:

U

Io stava seduto di fronte alla lavagna. Quella vocale era lì, e pareva guardarmi, pareva affissarmi e sfidarmi. Non so qual coraggio mi nascesse improvvisamente nel cuore: certo il tempo della rivelazione era giunto! Quella lettera ed io eravamo nemici; accettai la sfida, mi posi il capo tra le mani e incominciai a guardarla.... Passai alcune ore in quella contemplazione. Fu allora che io compresi tutto, che io vidi tutto ciò che vi ho ora detto, o tentato almeno di dirvi, giacchè il dirvelo esattamente è impossibile. Io indovinai le ragioni della mia ripugnanza, del mio odio; e progettai una guerra mortale a quella lettera.

Incominciai col togliere quanti libri poteva a' miei compagni, e cancellarvi tutti gli U che mi venivano sott'occhio. Non era che il principio della mia vendetta. Fui cacciato dalle scuole.

Vi ritornai tuttavia più tardi. Il mio maestro si chiamava *Aurelio Tubuni.*

Tre U!! Io lo abborriva per questo, Un giorno scrissi sulla lavagna: *Morte all'*U! Egli attribuì a sè medesimo quella minaccia. Fui ricacciato.

Ottenni ancora di tornarvi una terza volta. Presentai allora, come lavoro di esame, un progetto relativo all'abolizione di questa vocale, alla sua espulsione dalle lettere dell'alfabeto.

Non fui compreso. Fui tacciato di follia. I miei compagni, conosciuta così la mia avversione a quella vocale, incominciarono contro di me una guerra terribile. Io vedeva, io trovava degli U da tutte le parti: essi ne scrivevano dappertutto: sui miei libri, sulle pareti, sui banchi, sulla lavagna - i miei quaderni, le mie carte ne erano ripieni; nè io poteva difendermi da questa persecuzione sanguinosa ed atroce.

Un giorno trovai nella mia saccoccia una cartolina, su cui ne era scritta una lunga fila in questo modo infernale, così:

U U U U U U U U

Divenni furente! La vista di tutti quegli U disposti in questa guisa, collocati con questa gradazione tremenda, mi trasse di senno. Sentii salirmi il sangue alle tempie, sconvolgersi la mia ragione.... Corsi alla scuola; ed afferrato alla gola uno de' miei compagni, l'avrei per fermo soffocato, se non mi fosse stato tolto di mano.

Era la prima colpa a cui mi trascinava quella vocale!

Mi fu impedito di continuare i miei studi.

Allora incominciai a vivere da solo, a pensare, a meditare, ad operare da solo. Entrai in una nuova sfera di osservazioni, in una sfera più elevata, più attiva: studiai i rapporti che legavano ai destini dell'umanità questa lettera fatale; ne trovai tutte le fila, ne scopersi tutte le cause, ne indovinai tutte le leggi; e scrissi ed elaborai, in cinque lunghi anni di fatica, un lavoro voluminoso, nel quale mi proponeva di dimostrare come tutte le umane calamità non procedessero da altre cause che dall'esistenza dell'U, e dall'uso che ne facciamo nella scritturazione e nel linguaggio; e come fosse possibile il sopprimerlo, e rimediare, e prevenire i mali che ci minaccia.

Lo credereste? non trovai mezzo di dare alla luce la mia opera. La società ricusava da me quel rimedio che solo potava ancora guarirla.

A venti anni mi accesi d'amore per una fanciulla, e ne fui riamato. Essa era divinamente buona, divinamente bella: ci amammo al solo vederci; e quando potei parlarle, le chiesi:

-Come vi chiamate?

-*Ulrica!*

-*Ulrica!* U. Un U! Era una cosa orribile. Come sottomettermi alla violenza atroce, continua di quella vocale? Il mio amore era tutto per me, ma nondimeno trovai la forza di rinunziarvi. Abbandonai *Ulrica*.

Tentai di guarirmi con un altro affetto. Diedi il mio cuore ad un' altra fanciulla. Lo credereste? Seppi più tardi che si chiamava *Giulia*. Mi divisi anche da quella.

Ebbi un terzo amore. L'esperienza mi aveva reso

cauto: m'informai del suo nome prima di darle il mio cuore.

Si chiamava *Annetta*. Finalmente! Apparecchiammo per le nozze, tutto era combinato, stabilito, allorchè, nell'esaminare il suo certificato di nascita, scopersi con orrore che il suo nome di *Annetta*, non era che un vezzeggiativo, un abbreviativo di *Susanna, Susannetta,* e oltre ciò - inorridite! aveva cinque altri nomi di battesimo: *Postumia, Uria, Umberta, Giuditta e Lucia.*

Immaginate se io mi sentissi rabbrividire nel leggere quei nomi! - lacerai sull'istante il contratto nuziale, rinfacciai a quel mostro di perfidia il suo tradimento feroce, e mi allontanai per sempre da quella casa. Il cielo mi aveva ancora salvato.

Ma ohimè! io non poteva più amare, la mia affettività era esaurita, prostrata da tanti esperimenti terribili. Il caso mi condusse ad *Ulrica*; le memorie del mio primo amore si ridestarono, la mia passione si raccese più viva.... Volli rinunciare ancora al suo affetto, alla felicità che mi riprometteva da questo affetto.... ma non ne ebbi la forza - ci sposammo.

Da quell'istante incominciò la mia lotta.

Io non poteva tollerare che essa portasse un U nel suo nome, non poteva chiamarla con quella parola. Mia moglie!... la mia compagna, la donna amata da me.... portare un U nel suo nome!... Essa che aveva già fatto un acquisto così tremendo nel mio, perchè io pure ne aveva uno nel mio casato!

Era impossibile!

Un giorno le dissi:

-Mia buona amica, vedi quanto quest'U è terribile! rinunciavi, abbrevia o muta il tuo nome!... te ne scongiuro!

Essa non rispose, e sorrise.

Un'altra volta le dissi:

-*Ulrica*, il tuo nome mi è insopportabile.... esso mi fa male.... esso mi uccide! Rinunciavi.

Mia moglie sorrideva ancora, l'ingrata! sorrideva!,..

Una notte mi sentii invaso da non so qual furore: aveva avuto un sogno affannoso.... Un U gigantesco postosi sul mio petto mi abbracciava colle sue aste immense, flessuose.... mi stringeva.... mi opprimeva, mi opprimeva.... Io balzai furioso dal letto: afferrai la grossa canna di giunco, corsi da un notaio, e gli dissi:

-Venite, venite meco sull'istante a redigere un atto formale di rinuncia....

Quel miserabile si opponeva. Lo trascinai meco, lo trascinai al letto di mia moglie.

Essa dormiva; io la svegliai aspramente e le dissi:

-*Ulrica*, rinuncia al tuo nome, all'U detestabile del tuo nome!

Mia moglie mi guardava fissamente, e taceva.

-Rinuncia, io le replicai con voce terribile, rinuncia a quell'U.,.. rinuncia al tuo nome abborrito!!....

Essa mi guardava ancora, e taceva!

Il suo silenzio, il suo rifiuto mi trassero di senno: mi avventai sopra di lei, e la percossi col mio bastone.

Fui arrestato, e chiamato a render conto di questa violenza.

I giudici assolvendomi, mi condannarono ad una pena più atroce, alla detenzione in questo Ospizio di pazzi.

Io pazzo! Sciagurati! Pazzo! perchè ho scoperto il segreto dei loro destini! dell'avversità dei loro destini! perchè ho tentato di migliorarli?... Ingrati!

Sì, io sento che questa ingratitudine mi ucciderà: lasciato qui solo, inerme! faccia a faccia col mio nemico, con questo U detestato che io vedo ogni ora, ogni istante, nel sonno, nella veglia, in tutti gli oggetti che mi circondano, sento che dovrò finalmente soccombere.

Sia.

Non temo la morte: l'affretto come il termine unico de' miei mali.

Sarei stato felice se avessi potuto beneficare l'umanità persuadendola a sopprimere quella vocale; se essa non avesse esistito mai, o se io non ne avessi conosciuto i misteri.

Era stabilito altrimenti! Forse la mia sventura sarà un utile ammaestramento agli uomini; forse il mio esempio li spronerà ad imitarmi....

Che io lo speri!

Che la mia morte preceda di pochi giorni l'epoca della

loro grande emancipazione, dell'emancipazione dall'U, dell'emancipazione da questa terribile vocale!!!

*
**

L'infelice che vergò queste linee, morì nel manicomio di Milano l'11 settembre 1865.

Un osso di morto

Lascio a chi mi legge l'apprezzamento del fatto inesplicabile che sto per raccontare.

Nel 1855. domiciliatomi a Pavia, m'era dato allo studio del disegno in una scuola privata di quella città; e dopo alcuni mesi di soggiorno aveva stretto relazione con certo Federico M. che era professore di patologia e di clinica per l'insegnamento universitario, e che morì di apoplessia fulminante pochi mesi dopo che lo aveva conosciuto. Era uomo amantissimo delle scienze, e della sua in particolare - aveva virtù e doti di mente non comuni - senonchè come tutti gli anatomisti ed i clinici in genere, era scettico profondamente e inguaribilmente - -lo era per convinzione, nè io potei mai indurlo alle mie credenze, per quanto mi vi adoprassi nelle discussioni appassionate e calorose che avevamo ogni giorno a questo riguardo. Nondimeno - e piacemi rendere questa giustizia alla sua memoria - egli si era mostrato sempre tollerante di quelle convinzioni che non erano le sue; ed io e quanti il conobbero abbiamo serbato la più cara rimembranza di lui. Pochi giorni prima della sua morte egli mi aveva consigliato ad assistere alle sue lezioni di anatomia, adducendo che ne avrei tratte non poche cognizioni giovevoli alla mia arte del disegno: acconsentii benchè repugnante; e spinto dalla vanità di parergli meno pauroso che nol fossi, lo richiesi di alcune ossa umane che egli mi diede e che io collocai sul caminetto della mia stanza. Colla morte di lui io aveva cessato di frequentare il corso anatomico, e più tardi aveva anche desistito dallo studio del disegno. Nondimeno aveva conservato ancora per molti anni quelle ossa, che l'abitudine di vederle me le aveva rese quasi indifferenti, e non sono più di pochi mesi che, colto da subite paure, mi risolsi a seppellirle, non trattenendo presso di me che una semplice rotella di ginocchio. Questo ossicino sferico e liscio che per la sua forma e per la sua piccolezza io aveva destinato, fino dal primo istante che l'ebbi, a compiere l'ufficio d'un premi-carte, come quello che non mi richiamava alcuna idea spaventosa, si trovava già collocato da undici anni sul mio tavolino, allorchè ne fui privato nel modo inesplicabile che sto per raccontare.

Aveva conosciuto a Milano nella scorsa primavera un magnetizzatore assai noto tra gli amatori di spiritismo, e aveva fatto istanze per essere ammesso ad una delle sue sedute spiritiche. Ricevetti poco dopo invito di recarmivi, e vi andai agitato da prevenzioni sì tristi, che più volte lungo la via era stato quasi in procinto di rinunciarvi. L'insistenza del mio amor proprio mi vi aveva spinto mio malgrado. Non starò a discorrere qui delle invocazioni sorprendenti a cui assistetti: basterà il dire che io fui sì meravigliato delle risposte che ascoltammo da alcuni spiriti, e la mia mente fu sì colpita da quei prodigi, che superato ogni timore, concepii il desiderio di chiamarne uno di mia conoscenza, e rivolgergli io stesso alcune domande che aveva già meditate e discusse nella mia mente. Manifestata questa volontà, venni introdotto in un gabinetto appartato, ove fui lasciato solo; e poichè l'impazienza e il desiderio d'invocare molti spiriti a un tempo mi rendevano titubante sulla scelta, ed era mio disegno di interrogare lo spirito invocato sul destino umano, e sulla spiritualità della nostra natura, mi venne in memoria il dottore Federico M. col quale, vivente, aveva avuto delle vive discussioni su questo argomento, e deliberai di chiamarlo. Fatta questa scelta, mi sedetti ad un tavolino, disposi innanzi a me un foglietto di carta, intinsi la penna nel calamaio, mi posi in atteggiamento di scrivere, e concentratomi per quanto era possibile in quel pensiero, e raccolta tutta la mia potenza di volizione, e direttala a quello scopo, attesi che lo spirito del dottore venisse.

Non attesi lungamente. Dopo alcuni minuti d'indugio mi accorsi per sensazioni nuove e inesplicabili che io non era più solo nella stanza, sentii per così dire la sua presenza; e prima che avessi saputo risolvermi a formulare una domanda, la mia mano agitata e convulsa, mossa come da una forza estranea alla mia volontà, scrisse, me inconsapevole, queste parole:

«Sono a voi. Mi avete chiamato in un momento in cui delle invocazioni più esigenti mi impedivano di venire, nè potrò trattenermi ora qui, nè rispondere alle interrogazioni che avete deliberato di farmi. Nondimeno vi ho obbedito per compiacervi, e perchè aveva bisogno io stesso di voi; ed era gran tempo che cercava il mezzo di mettermi in comunicazione col vostro spirito. Durante la mia vita mortale vi ho date alcune ossa che aveva sottratte al gabinetto anatomico di Pavia, e tra le quali vi era una rotella di ginocchio che ha appartenuto al corpo di un ex inserviente dell'Università, che si chiamava Pietro Mariani, e di cui io aveva sezionato arbitrariamente il cadavere. Sono ora undici anni che egli mette alla tortura il mio spirito per riavere quell'ossicino inconcludente, nè cessa di rimproverarmi amaramente quell'atto, di minacciarmi, e di insistere per la restituzione della sua rotella. Ve ne scongiuro per la memoria forse non ingrata che avrete serbato di me, se voi la conservate tuttora, restituitegliela, scioglietemi da questo debito tormentoso. Io farò venire a voi in questo momento lo spirito del Mariani. Rispondete.»

Atterrito da quella rivelazione, io risposi che conservava di fatto quella sciagurata rotella, e che era felice di poterla restituire al suo proprietario legittimo, che, non v'essendo altra via, mandasse da me il Mariani. Ciò detto, o dirò meglio, pensato, sentii la mia persona come alleggerita, il mio braccio più libero, la mia mano non più ingranchita come dianzi, e compresi, in una parola, che lo spirito del dottore era partito.

Stetti allora un altro istante ad attendere - la mia mente era in uno stato di esaltazione impossibile a definirsi.

In capo ad alcuni minuti, riprovai gli stessi fenomeni di prima, benchè meno intensi; e la mia mano trascinata dalla volontà dello spirito, scrisse queste altre parole:

«Lo spirito di Pietro Mariani ex inserviente dell'Università di Pavia, è innanzi a voi, e reclama la rotella del suo ginocchio sinistro che ritenete indebitamente da undici anni. Rispondete.»

Questo linguaggio era più conciso e più energico di quello del dottore. Io replicai allo spirito: Io sono dispostissimo a restituire a Pietro Mariani la rotella del suo ginocchio sinistro, e lo prego anzi a perdonarmene la detenzione illegale; desidero però di conoscere come potrò effettuare la restituzione che mi è domandata.

Allora la mia mano tornò a scrivere;

«Pietro Mariani, ex inserviente dell'Università di Pavia, verrà a riprendere egli stesso la sua rotella.»

-Quando? chiesi io atterrito.

-E la mano vergò istantaneamente una sola parola «Stanotte.»

Annichilito da quella notizia, coperto di un sudore cadaverico, io mi affrettai ad esclamare, mutando tuono di voce ad un tratto: «Per carità... vi scongiuro.... non vi disturbate.... manderò io stesso.... vi saranno altri mezzi meno incomodi...» Ma non aveva finito la frase che mi accorsi per le sensazioni già provate dapprima, che lo spirito di Mariani si era allontanato, e che non v'era più mezzo ad impedire la sua venuta.

È impossibile che io possa rendere qui colle parole l'angoscia delle sensazioni che provai in quel momento. Io era in preda ad un panico spaventoso. Uscii da quella casa mentre gli orologi della città suonavano la mezzanotte: le vie erano deserte, i lumi delle finestre spenti, le fiamme nei fanali offuscate da un nebbione fitto e pesante - tutto mi pareva più tetro del solito. Camminai per un pezzo senza sapere dove dirigermi: un istinto più potente della mia volontà mi allontanava dalla mia abitazione. Ove attingere il coraggio di andarvi? Io avrei dovuto ricevervi in quella notte la visita di uno spettro - era un'idea da morirne, era una prevenzione troppo terribile.

Volle allora il caso che aggirandomi, non so più per qual via, mi trovassi di fronte a una bettola su cui vidi scritto a caratteri intagliati in un'impannata, e illuminati da una fiamma interna «Vini nazionali» e io dissi senz' altro a me stesso: Entriamovi, è meglio così, e non è un cattivo rimedio; cercherò nel vino quell'ardimento che non ho più il potere di chiedere alla mia ragione. E cacciatomi in un angolo d'una stanzaccia sotterranea domandai alcune bottiglie di vino che bevetti con avidità, benchè repugnante per abitudine all'abuso di quel liquore. Ottenni l'effetto che aveva desiderato. Ad ogni bicchiere bevuto il mio timore svaniva sensibilmente, i miei pensieri si dilucidavano, le mie idee parevano riordinarsi, quantunque con un disordine nuovo; e a poco a poco riconquistai talmente il mio coraggio che risi meco stesso del mio terrore, e mi alzai, e mi avviai risoluto verso casa.

Giunto in stanza, un po' barcollante pel troppo vino bevuto, accesi il lume, mi spogliai per metà, mi cacciai a precipizio nel letto, chiusi un occhio e poi un altro, e tentai di addormentarmi. Ma era indarno. Mi sentiva assopito, irrigidito, catalettico, impotente a muovermi; le coperte mi pesavano addosso e mi avviluppavano e mi investivano come fossero di metallo fuso: e durante quell'assopimento incominciai ad avvedermi che dei fenomeni singolari si compievano intorno a me.

Dal lucignolo della candela che mi pareva avere spento, che era d'altronde una stearica pura, si sollevavano in giro delle spire di fumo sì fitte e sì nere, che raccogliendosi sotto il soffitto lo nascondevano, e assumevano apparenza di una cappa pesante di piombo: l'atmosfera della stanza divenuta ad un tratto soffocante, era impregnata di un odore simile a quello che esala dalla carne viva abbrustolita, le mie orecchie erano assordate da un brontolio incessante di cui non sapeva indovinare le cause, e la rotella che vedeva lì, tra le mie carte, pareva muoversi e girare sulla superficie del tavolo, come in preda a convulsioni strane e violenti.

Durai non so quanto tempo in quello stato: io non poteva distogliere la mia attenzione da quella rotella. I miei sensi, le mie facoltà, le mie idee, tutto era concentrato in quella vista, tutto mi attraeva a lei; io voleva sollevarmi, discendere dal letto, uscire, ma non mi era possibile; e la mia desolazione era giunta a tal grado che quasi non ebbi a provare alcun spavento, allorchè dissipatosi a un tratto il fumo emanato dal lucignolo della candela, vidi sollevarsi la tenda dell'uscio e comparire il fantasma aspettato.

Io non batteva palpebra. Avanzatosi fino alla metà della stanza, s'inchinò cortesemente e mi disse: «Io sono Pietro Mariani, e vengo a riprendere, come vi ho promesso la mia rotella.»

E poichè il terrore mi rendeva esitante a rispondergli, egli continuò con dolcezza: «Perdonerete se ho dovuto disturbarvi nel colmo della notte.... in quest'ora.... capisco che la è un'ora incomoda... ma...»

-Oh! è nulla, è nulla, io interruppi rassicurato da tanta cortesia, io vi debbo anzi ringraziare della vostra visita... io mi terrò sempre onorato di ricevervi nella mia casa...

-Ve ne son grato, disse lo spettro, ma desidero ad ogni modo giustificarmi dell'insistenza con cui ho reclamato la mia rotella sia presso di voi, sia presso l'egregio dottore dal quale l'avete ricevuta: osservate.

E così dicendo sollevò un lembo del lenzuolo bianco, in cui era avviluppato, e mostrandomi lo stinco della gamba sinistra legato al femore, per mancanza della rotella, con un nastro nero passato due o tre volte nell'apertura della fibula, fece alcuni passi per la stanza onde farmi conoscere che l'assenza di quell'osso gl'impediva di camminare liberamente.

-Tolga il cielo, io dissi allora con accento d'uomo mortificato, che il degno ex inserviente dell'Università di Pavia abbia a rimanere zoppicante per mia causa: ecco la vostra rotella, là, sul tavolino, prendetela, e accomodatela come potete al vostro ginocchio.

Lo spettro s'inchinò per la seconda volta in atto di ringraziamento, si slegò il nastro che gli congiungeva il femore allo stinco, lo posò sul tavolino, e presa la rotella, incominciò ad adattarla alla gamba.

-Che notizie ne recate dall'altro mondo? io chiesi allora, vedendo che la conversazione languiva, durante quella sua occupazione.

Ma egli non rispose alla mia domanda, ed esclamò con aspetto attristato: «Questa rotella è alquanto deteriorata, non ne avete fatto un buon uso.»

-Non credo, io dissi, ma forse che le altre vostra ossa sono più solide?

Egli tacque ancora, s'inchinò la terza volta per salutarmi; e quando fu sulla soglia dell'uscio, rispose chiudendone l'imposta dietro di sè: «Sentite se le altre mie ossa non sono più solide.»

E pronunciando queste parole percosse il pavimento col piede con tanta violenza che le pareti ne tremarono tutte; e a quel rumore mi scossi e... mi svegliai.

E appena desto, intesi che era la portinaia che picchiava all'uscio e diceva: «Son io, si alzi mi venga ad aprire.»

-Mio Dio! esclamai allora fregandomi gli occhi col rovescio della mano, era dunque un sogno, nient'altro che un sogno! che spavento! sia lodato il cielo... Ma quale insensatezza! Credere allo spiritismo... ai fantasmi...» E infilzati in fretta i calzoni, corsi ad aprire l'uscio; e poichè il freddo mi consigliava a ricacciarmi sotto le coltri, mi avvicinai al tavolino per posarvi la lettera sotto il premicarte...

Ma quale fu il mio terrore quando vi vidi sparita la rotella, e al suo posto trovai il nastro nero che vi aveva lasciato Pietro Mariani!

Uno spirito in un lampone

Nel 1854 un avvenimento prodigioso riempì di terrore e di meraviglia tutta la semplice popolazione d'un piccolo villaggio della Calabria.

Mi attenterò a raccontare con quanta maggior esattezza mi sarà possibile, questa avventura meravigliosa, benchè comprenda esser cosa estremamente difficile l'esporla in tutta la sua verità e con tutti i suoi dettagli più interessanti.

Il giovine barone di B. - duolmi che una promessa formale mi vieti di rivelarne il nome - aveva ereditato da pochi anni la ricca ed estesa baronia del suo avo paterno, situata in uno dei punti più incantevoli della Calabria. Il giovine erede non si era allontanato mai da quei monti sì ricchi di frutteti e di selvaggiume; nel vecchio maniere della famiglia, che un tempo era stato un castello feudale fortificato, aveva appreso dal pedagogo di casa i primi erudimenti dello scrivere, e i nomi di tre o quattro classici latini di cui sapeva citare all'occorrenza alcuni distici ben conosciuti. Come tutti i meridionali aveva la passione della caccia, dei cavalli e dell'amore - tre passioni che spesso sembrano camminare di conserva come tre buoni puledri di posta - potevale appagare a suo talento, nè s'era mai dato un pensiero di più; non aveva neppur mai immaginato che al di là di quelle creste frastagliate degli Apennini, vi fossero degli altri paesi, degli altri uomini, e delle altre passioni.

Del resto siccome la sapienza non è uno dei requisiti indispensabili alla felicità - anzi parci l'opposto - il giovine barone di B. sentivasi perfettamente felice col semplice corredo dei suoi distici; e non erano meno felici con lui i suoi domestici, le sue donne, i suoi limieri, e le sue dodici livree verdi incaricate di precedere e seguire la sua carrozza di gala nelle circostanze solenni.

Un solo fatto luttuoso aveva, alcuni mesi prima dell'epoca a cui risale il nostro racconto, portata la desolazione in una famiglia addetta al servigio della casa e alterate le tradizioni pacifiche del castello. Una cameriera del barone, una fanciulla che si sapeva aver tenute tresche amorose con alcuni dei domestici, era sparita improvvisamente dal villaggio; tutte le ricerche erane riuscite vane; e benchè pendessero non pochi sospetti sopra uno dei guardaboschi - giovine d'indole violenta che erano stato un tempo invaghito, senza esserne corrisposto - questi sospetti erano poi in realtà così vaghi e così infondati, che il contegno calmo e sicuro del giovane era stato più che sufficiente a disperderli.

Questa sparizione misteriosa che pareva involgere in sè l'idea di un delitto, aveva rattristato profondamente l'onesto barone di B.; ma a poco a poco egli se n'era dimenticato spensierandosi coll'amore e colla caccia: la gioia e la tranquillità erano rientrate nel castello; le livree verdi erano tornate a darsi buon tempo nelle anticamere; e non erano trascorsi due mesi dall'epoca di questo avvenimento che nè il barone, nè alcuno de' suoi domestici si ricordava della sparizione della fanciulla.

Era nel mese di novembre.

Un mattino, il barone di B. si svegliò un po' turbato da un cattivo sogno, si cacciò fuori del letto, spalancò la finestra, e vedendo che il cielo era sereno, e che i suoi limieri passeggiavano immalinconiti nel cortile e raspavano alla porta per uscirne, disse: «Voglio andare a caccia, io solo; vedo laggiù alcuni stormi di colombi selvatici che si son dati la posta nel seminato, e spero che ne salderanno il conto colle penne.» Fatta questa risoluzione finì di abbigliarsi infilzò i suoi stivali impenetrabili, si buttò il fucile ad armacollo, accomiatò le due livree verdi che lo solevano accompagnare e uscì circondato da tutti i suoi limieri, i quali agitando la testa, facevano scoppiettare le loro larghe orecchie, e gli si cacciavano ad ogni momento tra le gambe accarezzando colle lunghe code i suoi stivali impenetrabili.

Il barone di B. si avviò direttamente verso il luogo ove aveva veduto posarsi i colombi selvatici. Era nell'epoca delle seminagioni, e nei campi arati di fresco non si scorgeva più un arbusto od un filo d'erba. Le piogge dell'autunno avevano ammollito il terreno per modo, che egli affondava nei solchi fino al ginocchio, e si vedeva ad ogni momento in pericolo di lasciarvi uno stivale. Oltre a ciò i cani, non assuefatti a quel genere di caccia, rendevano vana tutta la strategia del cacciatore, e i colombi avevano appostate qua e là le loro sentinelle avanzate, precisamente come avrebbe fatto un bravo reggimento della vecchia guardia imperiale.

Stizzito da questa astuzia, il barone di B. continuò nondimeno a perseguitarli con maggiore accanimento, quantunque non gli venissero mai al tiro una sola volta; e sentivasi stanco e sopraffatto dalla sete, quando vide lì presso in un solco una pianticella rigogliosa di lamponi carica di frutti maturi.

-Strano! disse il barone, una pianta di lamponi in questo luogo... e quanti frutti! come sono belli e maturi!

E abbassando la focaia del fucile, lo collocò presso di sè, si sedette; e spiccando ad una ad una le coccole del lampone, i cui granelli di porpora parevano come argentati graziosamente di brina, estinse, come potè meglio, la sete che aveva incominciato a travagliarlo.

Stette così seduto una mezz'ora; in capo alla quale si accorse che avvenivano in lui dei fenomeni singolari.

Il cielo, l'orizzonte, la campagna non gli parevano più quelli; cioè non gli pareano essenzialmente mutati, ma non li vedeva più colla stessa sensazione di un'ora prima; per servirsi d'un modo di dire più comune, non li vedeva più cogli stessi occhi.

In mezzo a' suoi cani ve n'erano taluni che gli sembrava di non aver mai veduto, e pure riflettendoci bene, li conosceva; se non che li osservava e li accarezzava tutti quanti con maggior rispetto che non fosse solito fare: parevagli in certo modo che non ne fosse egli il padrone, e dubitandone quasi, si provò a chiamarli: Azor, Fido, Aloff! I cani chiamati gli si avvicinarono prontamente, dimenando la coda.

-Meno male, disse il barone, i miei cani sembrano essere proprio ancora i miei cani... Ma è singolare questa sensazione che provo alla testa, questo peso.... E che cosa sono questi strani desideri che sento, queste volontà che non ho mai avute, questa specie di confusione e di duplicità che provo in tutti i miei sensi? Sarei io pazzo?... Vediamo, riordiniamo le nostre idee.... Le nostre idee! Sì perfettamente.... perchè sento che queste idee non sono tutte mie. Però... è presto detto riordinarle! Non è possibile, sento nel cervello qualche cosa che si è disorganizzata, cioè... dirò meglio... che si è organizzato diversamente da prima... qualche cosa di superfluo, di esuberante; una cosa che vuol farsi posto nella testa, che non fa male, ma che pure spinge, urta in modo assai penoso le pareti del cranio.... Parmi di essere un uomo doppio. Un uomo doppio! Che stranezza! E pure... sì, senza dubbio... capisco in questo momento come si possa essere un uomo doppio.

Vorrei sapere perchè questi anemoni mezzo fradici per le piogge, ai quali non ho mai badato in vita mia, adesso mi sembrano così belli e così attraenti... Che colori vivaci, che forma semplice e graziosa! Facciamone un mazzolino.

E il barone allungando la mano senza alzarsi, ne colse tre o quattro che, cosa singolare! si pose in seno come le femmine. Ma nel ritrarre la mano a sè, provò una sensazione ancora più strana; voleva ritrarre la mano, e nel tempo stesso voleva allungarla di nuovo; il braccio mosso come da due volontà opposte ma ugualmente potenti, rimase in quella posizione quasi paralizzato.

-Mio Dio! disse il barone; e facendo uno sforzo violento uscì da quello stato di rigidità, e subito osservò attentamente la sua mano come a guardare se qualche cosa vi fosse rotto o guastato.

Per la prima volta egli osservò allora che le sue mani erano brevi e ben fatte, che le dita erano piene e affusolate, che le unghie descrivevano un elissi perfetto; e l'osservò con una compiacenza insolita; si guardò i piedi e vedendoli piccoli e sottili, non ostante la forma un po' rozza de' suoi stivali impenetrabili, ne provò piacere e sorrise.

In quel momento uno stormo di colombi si innalzò da un campo vicino, e venne a passargli d'innanzi al tiro. Il barone fa sollecito a curvarsi, ad afferrare il suo fucile, ad inarcarne il cane, ma... cosa prodigiosa! in quell'istante si accorse che aveva paura del suo fucile, che il fragore dello sparo lo avrebbe atterrito; ristette e si lasciò cader l'arma di mano, mentre una voce interna gli diceva: che begli uccelli! che belle penne che hanno nelle ali!... mi pare che siano colombi selvatici...

-Per l'inferno! esclamò il barone portandosi le mani alla testa, io non comprendo più nulla di me stesso... sono ancora io, o non sono più io? o sono io ed un altro ad un tempo? Quando mai io ho avuto paura di sparare il mio fucile? quando mai ho sentito tanta pietà per questi maledetti colombi che mi devastano i seminati? I seminati! Ma... veramente parmi che non siano più miei questi seminati... Basta, basta, torniamo al castello, sarà forse effetto di una febbre che mi passerà buttandomi a letto.

E fece atto di alzarsi. Ma in quello istante un'altra volontà che pareva esistere in lui lo sforzò a rimanere nella posizione di prima, quasi avesse voluto dirgli: no, stiamo ancora un poco seduti.

Il barone sentì che annuiva di buon grado a questa volontà, poichè dallo svolto della via che fiancheggiava il campo era comparsa una brigata di giovani lavoratori che tornavano al villaggio. Egli li guardò con un certo senso di interesse e di desiderio di cui non sapeva darsi ragione; vide che ve ne erano alcuni assai belli; e quando essi gli passarono d'innanzi salutandolo, rispose al loro saluto chinando il capo con molto imbarazzo, e si accorse che aveva arrossito come una fanciulla. Allora sentì che non aveva più alcuna difficoltà ad alzarsi, e, si alzò. Quando fu in piedi gli parve di essere più leggiero dello usato: le sue gambe parevano ora ingranchite, ora più sciolte; le sue movenze erano più aggraziate del solito, quantunque fossero poi in realtà le stesse movenze di prima, e gli paresse di camminare, di gestire, di dimenarsi, come aveva fatto sempre per lo innanzi.

Fece atto di recarsi il fucile ad armacollo, ma ne provò lo stesso spavento di prima, e gli convenne adattarselo al braccio, e tenerlo un poco discosto dalla persona, come avrebbe fatto un fanciullo timoroso.

Essendo arrivato ad un punto in cui la via si biforcava, si trovò incerto per quale delle due strade avrebbe voluto avviarsi al castello. Tutte e due vi conducevano del paro, ma egli era solito percorrerne sempre una sola: ora avrebbe voluto passare per una, e ad un tempo voleva passare anche per l'altra: tentò di muoversi, ma riprovò lo stesso fenomeno che aveva provato pocanzi: le due volontà che parevano dominarlo, agendo su di lui colla stessa forza, si paralizzarono reciprocamente, resero nulla la loro azione: egli restò immobile sulla via come impietrato, come colpito da catalessi. Dopo qualche momento si accorse che quello stato di rigidità era cessato, che la sua titubanza era svanita, e svoltò per quella delle due strade che era solito percorrere. Non aveva fatto un centinaio di passi che s'abbattè nella moglie del magistrato la quale lo salutò cortesemente.

-Da quando in qua, disse il barone di B. io sono solito a ricevere i saluti della moglie del magistrato? Poi si ricordò che egli era il barone di B., che egli era in intima conoscenza colla signora, e si meravigliò di essersi rivolta questa domanda.

Poco più innanzi si incontrò in una vecchia che andava razzolando alcuni manipoli di rami secchi lungo la siepe.

-Buon dì, Catterina, le disse egli abbracciandola, e baciandola sulle guance; come state? avete poi ricevuto notizie di vostro suocero?

-Oh! Eccellenza.... quanta degnazione... esclamò la vecchia, quasi spaventata dalla insolita famigliarità del barone, le dirò...

Ma il barone l'interruppe dicendole: Per carità, guardatemi bene, ditemi: sono ancora io? sono ancora il barone di B.?

-Oh, signore!... diss'ella.

Egli non stette ad attendere altra risposta, e proseguì la sua strada, cacciandosi le mani nei capelli, e esclamando: io sono impazzito, io sono impazzito.

Gli avveniva spesso lungo la via di arrestarsi a contemplare oggetti o persone che non avevano mai destato in lui il minimo interesse, e vedeali sotto un aspetto affatto diverso di prima. Le belle contadine che stavano sarchiando nei campi coll'abito rimboccato fin sopra il ginocchio, non avevano più per lui alcuna attrattiva, e le parevano rozze, sciatte e sguaiate. Gettando a caso uno sguardo su' suoi limieri che lo precedevano col muso basso e colla coda penzoloni, disse: «Tò! Visir che non aveva che due mesi adesso sembra averne otto suonati, e s'è cacciato anche lui nella compagnia dei cani scelti.»

Mancavangli pochi passi per arrivare al castello,

quando incontrò alcuni de' suoi domestici che passeggiavano ciarlando lungo la via, e, cosa singolare! li vedeva doppi; provava lo stesso fenomeno ottico che si ottiene convergendo tutte e due le pupille verso un centro solo, per modo d'incrociarne la visuale; se non che egli comprendeva che le causa di questo fenomeno erano affatto diverse da quelle; poichè vedeali bensì doppi, ma non si rassomigliavano totalmente nella loro duplicità; vedeali come se vi fossero in lui due persone che guardassero per gli stessi occhi.

E questa strana duplicità incominciò da quel momento ad estendersi su tutti i suoi sensi; vedeva doppio, sentiva doppio, toccava doppio; e, - cosa ancora più sorprendente! - pensava doppio. Cioè, una stessa sensazione destava in lui due idee, e queste due idee venivano svolte da due forze diverse di raziocinio, e giudicate da due diverse coscienze. Parevagli in una parola che vi fossero due vite nella sua vita, ma due vite opposte, segregate, di natura diversa; due vite che non potevano fondersi, e che lottavano per contendersi il predominio de' suoi sensi - d'onde la duplicità delle sue sensazioni.

Fu per ciò che egli vedendo i suoi domestici, conobbe bensì che erano i suoi domestici; ma cedendo ad un impulso più forte, non potè a meno di avvicinarsi ad uno di essi, di abbracciarlo con trasporto e di dirgli: oh! caro Francesco, godo di rivedervi; come state? come sta il nostro barone? - e sapeva benissimo di essere egli il barone - ditegli che mi rivedrà fra poco al castello.

I domestici si allontanarono sorpresi; e quello tra loro che era stato abbracciato, diceva tra sè stesso: io mi spezzerei la testa per sapere se è, o se non è veramente il barone che mi ha parlato. Io ho già inteso altre volte quelle parole... non so... ma quella espressione... quell'aspetto... quell'abbraccio... certo, non è la prima volta che io fui abbracciato in quel modo. E pure... il mio degno padrone non mi ha mai onorato di tanta famigliarità.

Pochi passi più innanzi, il barone di B. vide un pergolato che s'appoggiava ad un angolo del recinto d'un giardino, per modo che quando era coperto di foglie doveva essere affatto inaccessibile agli occhi dei curiosi. Egli non potè resistere al desiderio di entrarvi, quantunque vi fosse in lui un'altra volontà che l'incitava ad affrettarsi verso il castello. Cedette al primo impulso, e appena sedutosi sotto la pergola, sentì compiersi in sè stesso un fenomeno psicologico ancora più curioso.

Una nuova coscienza si formò in lui: tutta la tela di un passato mai conosciuto si distese d'innanzi a suoi occhi: delle memorie pure e soavi di cui egli non poteva aver fecondata la sua vita vennero a turbare dolcemente la sua anima. Erano memorie di un primo amore, di una prima colpa; ma di un amore più gentile e più elevato che egli non avesse sentito, di una colpa più dolce e più generosa che egli non avesse commesso. La sua mente spaziava in un mondo di affetti ignorato, percorreva regioni mai viste, evocava dolcezze mai conosciute.

Nondimeno tutto questo assieme di rimembranze, questa nuova esistenza che era venuta ad aggiungersi a lui, non turbava, non confondeva le memorie speciali della sua vita. Una linea impercettibile separava le due coscienze.

Il barone di B. passò alcuni momenti nel pergolato, dopo di che sentì desiderio di affrettarsi verso il villaggio. E allora le due volontà agendo su di esso collo stesso accordo, egli ne subì un impulso così potente che non potè conservare il suo passo abituale, e fu costretto a darsi ad una corsa precipitosa.

Queste due volontà incominciarono da quell'istante a dominarsi e a dominarlo con pari forza. Se agivano d'accordo, i movimenti della sua persona erano precipitati, convulsi, violenti; se una taceva, erano regolari; se erano contrarie, i movimenti venivano impediti, e davano luogo ad una paralisi che si protraeva fino a che la più potente di essa avesse predominato.

Mentre egli correva così verso il castello, uno de' suoi domestici lo vide, e temendo di qualche sventura, lo chiamò per nome. Il barone volle arrestarsi, ma non gli fu possibile; rallentò il passo e si fermò bensì per qualche istante, ma ne seguì una convulsione, un saltellare, un avvanzarsi e un retrocedere a sbalzi per modo che sembrava invasato, e gli fu gioco forza continuare la sua corsa verso il villaggio.

Il villaggio non pareagli più quello, parevagli che ne fosse stato assente da molti mesi: vide che il campanile della parrocchia era stato riattato di fresco, e quantunque lo sapesse, gli sembrava tuttavia di non saperlo.

Lungo la strada si abbattè in molte persone che sorprese di quel suo correre, lo guardavano con atti di meraviglia. Egli faceva a tutte di cappello, benchè comprendesse che nol doveva; e quelle rispondevangli togliendosi i loro berretti, e meravigliando di tanta cortesia. Ma ciò che sembrava ancora più singolare era che tutte quelle persone consideravano quasi come naturale quel suo correre, quel suo salutare; e pareva loro di aver travisto, intuito, compreso qualche cosa in que' suoi atti, e non sapevano che cosa fosse. Ne erano però impaurite e pensierose.

Giunto al castello si arrestò; entrò nelle anticamere; baciò ad una ad una le sue cameriere; strinse la mano alle sue livree verdi, e si buttò al collo di una di esse che accarezzò con molta tenerezza, e a cui disse parole colme di passione e di affetto.

A quella vista le cameriere e le livree verdi fuggirono, e corsero urlando a rinchiudersi nelle loro stanze.

Allora il barone dì B. salì agli altri piani, visitò tutte le sale del castello, e essendo giunto alla sua alcova, si buttò sul letto, e disse: «Io vengo a dormire con lei, signor barone.» In quell'intervallo di riposo, le sue idee si riordinarono, egli si ricordò di tutto ciò che gli era avvenuto durante quelle due ore, e se ne sentì atterrito; ma non fu che un lampo - egli ricadde ben presto nel dominio di quella volontà che lo dirigeva a sua posta.

Tornò a ripetersi le parole che aveva dette poc'anzi; «Io vengo a dormire con lei, signor barone.» E delle nuove memorie si suscitarono nella sua anima; erano memorie doppie, cioè le rimembranze delle impressioni che uno stesso fatto lascia in due spiriti diversi, ed egli accoglieva in sè tutte e due queste impressioni. Tali rimembranze però non erano simili a quelle che aveva già evocato sotto la pergola; quelle erano semplici, queste complesse; quelle lasciavano vuota, neutrale, giudice una parte dell'anima; queste l'occupavano tutta: e siccome erano rimembranze di amore, egli comprese in quel momento che cosa fosse la grande unità, l'immensa complessività dell'amore, il quale essendo nelle leggi inesorabili della vita un sentimento diviso fra due, non può essere compreso da ciascuno che per metà; Era la fusione piena e completa di due spiriti, fusione di cui l'amore non è che una aspirazione, e le dolcezze dell'amore un'ombra, un'eco, un sogno di quelle dolcezze. Nè potrei esprimere meno confusamente lo stato singolare in cui egli si trovava.

Passò così circa un'ora, scorsa la quale si accorse che quella voluttà andava scemando, e che le due vite che parevano animarlo si separavano. Discese dal letto, si passò le mani sul viso come per cacciarne qualche cosa di leggiero... un velo, un ombra, una piuma; e sentì che il tatto non era più quello; gli parve che i suoi lineamenti si fossero mutati, e provò la stessa sensazione come se avesse accarezzato il viso di un altro.

V'era lì presso uno specchio e corse a contemplarvisi. Strana cosa! Non era più egli; o almeno vi vedeva riflessa bensì la sua immagine, ma vedeala come fosse l'immagine di un altro, vedeva due immagini in una. Sotto l'epidermide diafana della sua persona, traspariva una seconda immagine a profili vaporosi, instabili, conosciuti. E ciò gli pareva naturalissimo, perchè egli sapeva che nella sua unità vi erano due persone, che era uno, ma che era anche due ad un tempo.

Allontanando lo sguardo dal cristallo, vide sulla parete opposta un suo vecchio ritratto di grandezza naturale, e disse: «Ah! questo è il signor barone di B... Come è invecchiato!» - E tornò a contemplarsi nello specchio.

La vista di quella tela gli fece allora ricordare che vi era nel corridoio del castello un'immagine simile a quella che aveva veduto poc'anzi trasparire dalla sua persona nello specchio, e si sentì dominato da una smania invincibile di rivederla. Si affrettò verso il corridoio.

Alcune delle sue cameriere che vi passavano in quell'istante furono prese da uno sgomento ancora più profondo di prima, e corsero fuggendo a chiamare le livree verdi che stavano assembrate nell'anticamera, concertandosi sul da farsi.

Intanto nel cortile del castello si era radunato buon

numero di curiosi: la notizia delle follie commesse dal barone si era divulgata in un attimo nel villaggio, e vi aveva fatto accorrere il medico, il magistrato ed altre persone autorevoli del paese.

Fu deciso di entrare nel corridoio. Il disgraziato barone fu trovato in piedi d'innanzi ad un ritratto di fanciulla - quella stessa che era sparita mesi addietro dal castello - in uno stato di eccitamento nervoso impossibile a definirsi. Egli sembrava in preda ad un assalto violento di epilessia; tutta la sua vitalità pareva concentrarsi in quella tela; pareva che vi fosse in lui qualche cosa che volesse sprigionarsi dal suo corpo, che volesse uscirne per entrare nell'immagine di quel quadro. Egli la fissava con inquietudine, e spiccava salti prodigiosi verso di lei, come ne fosse attratto da un forza irresistibile.

Ma il prodigio più meraviglioso era che i suoi lineamenti parevano trasformarsi, quanto più egli affissava quella tela, ed acquistare un'altra espressione. Ciascuna persona riconosceva bensì in lui il barone di B., ma vi vedeva ad un tempo una strana somiglianza coll'immagine riprodotta nel quadro. La folla accorsa nel corridojo si era arrestata compresa da un panico indescrivibile. Che cosa vedevano essi? Non lo sapevano: sentivano di trovarsi d'innanzi a qualche cosa di soprannaturale.

Nessuno osava avvicinarsi, - nessuno si moveva; - uno spavento insuperabile si era impadronito di ciascuno di essi: un brivido di terrore scorreva per tutte le loro fibre...

Il barone continuava intanto ad avventarsi verso il quadro; la sua esaltazione cresceva, i suoi profili si modificavano sempre più, il suo volto riproduceva sempre più, esattamente l'immagine della fanciulla... e già alcune persone parevano voler prorompere in un grido di terrore, quantunque uno spavento misterioso li avesse resi muti od immobili, allorchè una voce si sollevò improvvisamente dalla folla che gridava: «Clara! Clara!»

Quel grido ruppe l'incantesimo. «Sì, Clara! Clara!» ripeterono unanimi le persone radunate nel corridoio, precipitandosi l'una sull'altra verso le porte, sopraffatte da un terrore ancora più grande, e quel nome era il nome della fanciulla sparita dal castello, la cui immagine era stata riprodotta dalla tela.

Ma a quella voce, il barone di B. si spiccò dal quadro, e si slanciò in mezzo alla folla gridando: «Il mio assassino, il mio assassino!» La folla si sparpagliò, e si divise. Un uomo era in terra svenuto - quello stesso che aveva gridato - il giovane guardaboschi su cui pendevano sospetti per la sparizione misteriosa di Giara.

Il barone di B. fa trattenuto a forza dalle sue livree verdi. Il guardaboschi rinvenuto domandò del magistrato, cui confessò spontaneamente di aver uccisa la fanciulla in un eccesso di gelosia, e di averla sotterrata in un campo, precisamente in quel luogo dove, poche ore innanzi, aveva veduto lo sfortunato barone sedersi e mangiare le coccole del lampone.

Fu data subito al barone di B. una forte dose di emetico che gli fece rimettere i frutti non digeriti, e lo liberò dallo spirito della fanciulla.

Il cadavere di essa, dal cui seno partivano le radici del lampone, fu dissotterrato e ricevette sepoltura cristiana nel cimitero.

Il guardaboschi, tradotto in giudizio, ebbe condanna a dodici anni di lavori forzati.

Nel 1865 io lo conobbi nello stabilimento carcerario di Cosenza che mi era recato a visitare. Mancavangli allora due anni a compiere la sua pena; e fu da lui stesso che intesi questo racconto meraviglioso.

Pensieri

L'amore

L'amore è Dio, Dio è l'universo, e l'universo è amore.

I giovani che non si sono trovati per gran tempo al contatto della società, a cui lo studio e il ritiro hanno conservato qualche cosa di vergine nella loro natura, concepiscono raramente degli affetti colpevoli.

Il loro primo amore è sempre un amore purissimo, talora tutto ideale, sdegnoso di un pensiero che lo contamini, e spinto al puritanismo più rigoroso; oltre a ciò l'amore non sembra proprio che dell'età dell'innocenza - epoca in cui si ama tutto e non si odia nulla - e coloro che non amarono in quell'età, amarono difficilmente nel resto della vita. Vediamo non meno come gli stessi uomini corrotti non si astengano mai dal rendere un omaggio all'amor puro e costante, e tutta l'umanità operi, e parli, e scriva di esso o per esso dacchè è sulla terra, e lo consideri come la religione più nobile e più sublime dell'anima umana; Da tutto ciò parmi poter dedurre una cosa, la natura celeste di questo sentimento.

La maggiore efficacia dell'abitudine apparisce nella durabilità degli affetti. L'amore può sorgere da cause svariatissime, non di rado potenti, ma la sua forza non l'attinge mai che dall'abitudine. È dessa che rafforza i vincoli della famiglia, che accomuna e armonizza caratteri opposti, che conserva alle nostre affezioni, anche cessate, quel non so che di esigente, di doveroso, di inesorabile, a cui ci sottoponiamo senza resistere, ma di cui non sappiamo darci ragione. Molte creature si amarono per tutta la vita, pel solo motivo che ebbero la forza di amarsi da principio per un pajo di mesi: e sentiamo tuttodì esclamare: come abbandonarci? è impossibile, è tanto tempo che ci amiamo!....

Si suol dire che l'amore non mira che al possedimento e che con esso finisce, e non si distingue tra la passione e l'amore. È la passione che si uccide col possedimento, ma l'amore incomincia con esso e perdura. L'una cosa è dei sensi, l'altra dell'anima. Si dovrebbe dire degli amanti: si piacciono - dei coniugi: si amano.

Questo amore che si rafforza col progredire della vita, e sembra tanto più ingigantire quanto più si distacca da essa, ci fa fede della sua continuazione al di là della morte. Il dolore che accompagna il morire, il rimpianto che lo segue, il desiderio che lasciamo di noi morendo sembrano dirci che una sola cosa portiamo con noi dalla terra, l'amore.

La donna

La donna è un capolavoro abortito, il grande errore della creazione.

Le donne non hanno un carattere proprio finchè non amano; non hanno che un istinto provvidenziale di piegarsi, d'informarsi a quello dell'uomo. Per ciò esse sono quasi sempre quali gli uomini le fanno.

Ciò che gli uomini amano ed ammirano sopratutto nella donna, senza saperlo, è la loro fatuità.

La bontà nella donna è debolezza, nell'uomo carattere; però più frequente in quella che in questo.

L'uomo può portare nei suoi affetti, nei suoi doveri, nelle sue azioni, molte forze che la natura non ha dato alla donna. Il difetto essenziale della donna è l'incompletazione, dell'uomo l'esuberanza.

Il legame più potente che ci unisce alla donna è quello della maternità.

Quasi tutti i grandi uomini non hanno sentito potentemente nè gli affetti, nè i vincoli della famiglia, perchè la loro mente e il loro cuore avevano di mira tutta quanta l'umanità. Cristo rispondeva a sua madre: «donna, che v'ha di comune tra me e te?»

Le donne non annettono teoricamente alla loro virtù un atomo di quella importanza che vi annettono gli uomini semplici e coscienziosi. Esse conoscono meglio di noi il valore di ciò che danno. È difficile che un uomo onesto possa essere tanto ammirato e desiderato da esse come un libertino.

La nostra società ha fatto della donna un puro strumento di piacere. Ogni donna non è considerata oggi mai che sotto questo punto di vista. Esse stesse mostrano di non considerarsi sotto un aspetto diverso. Non si pretende da esse nè ingegno, nè virtù, nè amicizia, non si chiede che dell'amore e del piacere. Apprezzamento triste e degradante che esse tuttavia non temono, o non comprendono.

Tutti i mali della società dipendono da ciò, che si amano le donne o troppo o troppo poco.

In molta parte delle donne la resistenza è vanità, o mancanza d'opportunità, o artificio; prova evidente di ciò, che cedono quasi sempre alla sorpresa.

L'ingenuità nella donna è più pericolosa della malizia.

Non vi è uomo sì abbietto, che non vi possa esser donna più abbietta di lui; non vi è uomo sì nobile, che non vi possa esser donna più nobile.

A che scopo dolerci delle donne? Noi possiamo mostrare loro di conoscerle, di saperle apprezzare nel loro valore, di tenerle anche in ispregio; esse sono tuttavia ben certe che noi le ameremo sempre.

Nelle religioni di tutti i paesi, nelle tradizioni di tutti i popoli la prima notizia che si ha della donna accenna ad una seduzione. Le tradizioni bibliche sono in ciò piene di molta sapienza. La prima donna si fa sedurre, la prima volta, dal più vile degli animali, da un rettile.

L'essenza di tutti i libri, di tutte le tradizioni, di tutte le storie, si riduce a questo: una moglie che inganna il marito, un marito che inganna la moglie, o una moglie e un marito che si ingannano a vicenda.

Gli uomini portano una maschera - le donne due.

Le donne hanno interesse a mostrarsi incapaci di sentire l'amicizia; mettono gli uomini nella necessità di non chieder loro che dell'amore.

Felicità e dolore

Gli uomini non ripongono mai la loro felicità in ciò che sono, ma in ciò che sperano di divenire; e non so se sia per questa illusione che essi non possono mai raggiungere la felicità, o se, appunto perchè sanno di non poterla mai raggiungere, la ripongono volentieri in questa illusione.

Per quanto ci è dato argomentare dalla festività e dalla quiete apparente di tutti gli animali, il dolore morale sembra retaggio esclusivo dell'uomo. E suo retaggio esclusivo sono quindi il riso ed il pianto; d'onde parci poter dedurre che il sorriso non sia meno delle lacrime un'espressione del dolore.

Vi è sempre nel fondo del cuore una segreta malinconia che ci sforza a piangere. Se gioia v'è, o apparisce, è la socievolezza che la produce come la scintilla l'attrito, ma è una gioia fugace com'essa: - ogni uomo che è solo e triste. Non bisogna osservar l'uomo nella società, dove la società stessa e l'orgoglio nostro impongono la dissimulazione, dove dalla dimenticanza altrui si è tratti a dimenticare sè medesimi, ma è duopo osservarlo quando egli è solo, quando pensa, opera, parla, medita, cammina, e si agita come un essere che soffre, e che espia. Io non so se la infermità della mia natura che mi ha tolto sì per tempo ogni gioia, mi tragga ora in inganno, ma io non conobbi mai cosa più triste del sorriso umano, e l'allegria degli uomini fu sempre tal vista che mi strinse il cuore di pietà e m'indusse talora alle lagrime. Il dolore mi parve sempre più vero, più naturale, e aggiungerei quasi, più sereno.

Una prova che gli uomini ripongono l'importanza della loro felicità, delle loro piccole soddisfazioni, e perfino le esigenze del loro orgoglio e del loro amor proprio, in un grado più o meno favorevole di comparazione colla felicità e colle esigenze dell'orgoglio degli altri, è questa: che le calamità pubbliche non sono mai sì gravi a sopportarsi come le calamità private, e che le offese collettive sono tenute in nessun conto o lievissimo, le personali acerbamente vendicate o con molta umiliazione sofferte.

Gli uomini giocano colla loro felicità come i fanciulli, perduta la rimpiangono come uomini.

L'idea della felicità negli uomini non può esser derivata che dalla memoria d'un bene trascorso o dal presentimento di un bene avvenire - in una vita antecedente o in una vita futura - giacchè non vi è nulla quaggiù d'onde essi abbiano potuto attingere questo concetto.

Pochi e grandi dolori fanno l'uomo grande, piccoli e frequenti l'impiccioliscono; un fiotto lava la pietra, una serie di gocce la trapassa.

Allora si ha incominciato realmente a soffrire, quando si ha imparato a tacere il proprio dolore.

La vita

Secondo l'ordine naturale delle cose nessuno muore ad un tratto, ma la natura (ove non le sia fatta violenza) ci distacca essa medesima dalla vita come un frutto maturo; ed è sì valente in questa bisogna che spesso ce ne infastidisce per modo da farci anelare alla morte come ad una dolcezza o ad una grazia. In ciò ella raggiunge due scopi: apparecchia noi a morire, e colle noie e colla pietà che inspiriamo altrui in quello stato, dispone gli altri a sopravviverci senza dolore.

Quella misteriosa espiazione che tutti sentono di subire nella vita, diventa sempre più attiva e più travagliosa, quanto più la vita stessa si avvicina al suo termine - o sia che l'espiazione affretti e addolori di più il termine della vita, o che il volgersi più rapido della vita al suo fine rincrudisca esso stesso la espiazione.

Se ciascuno guardasse con imparzialità agli avvenimenti della propria vita, e ne indagasse e ne ricordasse le cause, e a quelle sapesse poi riferire con giustizia le conseguenze che ne derivarono o presto o tardi nel tempo, vedrebbe che tutto era successo pel suo meglio, e che ogni cosa era ordinata ad un fine da una volontà altamente provveditrice e benefica. Ogni uomo osservatore ha potuto riconoscere da sè questa verità nel corso della sua esistenza. - È cosa assurda il supporre che mentre tutto succede per leggi fisse e immutabili, la sola vita dell'uomo proceda a caso, quasi non avesse di sè e delle sue opere un fine. Bensì il caso non sussiste in natura; e per quelle opere che dipendono dalla sua volontà, e per la applicazione di quelle che non ne dipendono, ogni uomo è mastro della propria fortuna.

Le rivoluzioni più notevoli della vita avvengono verso la sua metà, come in quell'epoca in cui ella cessa di posarsi in un presente durevole, e distaccandosi dal passato, si libra un istante sulla sommità della sua curva, e si precipita verso l'avvenire. Allora l'ordine dell'esistenza è invertito; tutto ciò che era salito discende, tutto ciò che soleva imporsi subisce, tutto ciò che soleva subire s'impone; l'azione e la passività si scambiano; vi è un mondo che si distacca da noi e un mondo che ci si avvicina, e se fino allora si era stati amati e protetti, d'allora innanzi bisogna amare e proteggere. Quale di queste due metà della vita sia più dolce e serena, o meno faticosa non so: in una le dolcezze del piacere e quella vaghezza di spensierirsi che è propria della giovinezza, nell'altra le gioie più nobili del sacrificio e dell'abnegazione - l'una e l'altra accettabili forse, e forse meglio quest'ultima. Ma sciagurati coloro che, avanti che la natura lo esigesse, giovani ancora o fanciulli, sono stati gettati dall'isolamento o dall'abbandono nella seconda metà della vita, senza aver gustato dell'altra quelle dolcezze che sole possono confortarci di questa.

Tutto il meraviglioso dei sogni consiste in quell'ignoranza della verità, e in quell'impotenza di criterio che ha luogo per ciascuno in quello stato. Lo stesso può dirsi di quel dolce sognare dei fanciulli ad occhi aperti, e di quell'eterno vaneggiare e fantasticare che molti uomini semplici e immaginosi fanno anche in età più avanzata. Da ciò parmi poter dedurre che se la verità ed il senso pratico della vita rendono più leciti e più nobili i nostri piaceri, ne rendono però il numero più ristretto, e le varietà e le circostanze più castigate; e talora li inaridiscono per modo che non possiamo trarne altro conforto che quello di poter dire: sono veri!

La fede

Non si arriva alla fede che per una sola via, per quella del dolore.

I prosperi e i fortunati sono raramente, o male, uomini religiosi. Gli sventurati soltanto corrono a gettarsi ai piedi degli altari e cercano nella speranza d'un'esistenza futura un compenso ai mali di questa. Io mi sono spesso rivolto una domanda angosciosa: È l'agiatezza che rende i prosperi ingrati alla divinità, o è la sventura che ha creato ai miseri il bisogno di fabbricarsi questa chimera e di credervi? La fede - poichè ella è solo degli infelici - non sarebbe che un inganno creato dalla sventura?

Volete raffermarvi per sempre nella fede della divinità e dell'immortalità dell'anima? Sforzatevi di trovare argomenti per non credervi. O giusta o fallace è questa la via per cui tutte le intelligenze ragionatrici sono giunte alla fede.

Che cosa è questa forza che dubita, che interroga, che ragiona dentro di noi: Dove si va? d'onde si viene? che cosa vi è oltre la morte? Rivolgetevi queste domande in un cimitero. Le tombe hanno risposte piene di ribrezzo e di angoscia.

Pensieri diversi.

Non tutte le ingratitudini che si commettono dagli uomini debbono imputarsi esclusivamente alla loro volontà. Occorrono molte circostanze nella vita, in cui la natura o la società ci costringono ad essere ingrati, e sono assai rari quei casi in cui noi possiamo emettere un giudizio sincero e coscienzioso sopra un atto d'ingratitudine; poichè è questa fra tutte le azioni dell'uomo quella che è mossa da cause più molteplici e più imperscrutabili.

Mi avviene talora di trovare una data, un nome o un pensiero, o inciso su corteccia di albero, o scritto su parete o su margine di libro, come troverei una croce o una lapide che mi additasse una solitaria sepoltura, ma con una commozione più dolce e più confortante.

La grandezza è solitaria. Si direbbe anzi che la solitudine è condizione della grandezza. Tutte le intelligenze superiori, tutte le nature superiori sono isolate - l'aquila vive sola, il leone solo.

La prudenza è la maschera dell'astuzia. - O nessuna delle due è virtù, o entrambe.

Comprendere la vanità e il ridicolo delle cose del mondo è somma sapienza; riderne è somma forza.

Strana cosa! Gli uomini piangono spesso del ridicolo.

La giustizia di sè è nell'istante, quella degli uomini nel tempo, quella di Dio nell'eternità.

I pensatori e i filosofi di tutte le epoche e di tutti i paesi parlano dei loro tempi, come di tempi eccezionalmente scellerati. È logico arguire che gli uomini siano stati scellerati in ogni tempo.

Diffidate degli uomini che non hanno passioni.

Confessare altrui i propri difetti è assai meno doloroso che confessarli a sè stessi.

La malignità è cattiveria impotente.

Come gli uomini usano nell'età che precede o tocca la giovinezza, ed anche nell'età adulta, se rozzi, adoprare in ogni cosa la violenza, e farsi ragione da sè colla forza del braccio, ed ogni loro ambizione e coscienza di giustizia riporre nella maggiore o minore virtù di quello, così le nazioni giovani, o tralignate se adulte, costumano di fare; nè sanno altra cosa ambire che un esercito poderoso, nè d'altro curarsi che delle arti di guerra, nè in altro modo tutelare le leggi e la libertà che colla violenza e col sangue. L'una cosa l'infanzia degli uomini rivela, l'altra l'infanzia delle nazioni. Ma come quelli l'età e gli ammonimenti correggono, queste le tradizioni correggeranno ed il tempo; benchè l'esistenza dei primi sia breve e ci sia dato avvertirlo coll'esperienza, delle altre indefinita, nè possiamo dedurlo che dal senno nostro e dalle leggi immutabili dell'universale progresso.

L'abitudine è una seconda potenza di creazione inerente all'uomo. Negli animali, e nelle cose che pure la posseggono, è passiva; ma l'uomo solo la subisce e la dirige ad un tempo. Non vi ha natura sì salda che non possa venire da essa piegata; molte ve ne sono che ella abbatte, ricostruisce, trasforma. Onde vien detto che l'abitudine è una seconda natura; e io penso che in essa sia riposto uno dei mezzi più potenti della perfettibilità umana; e nella coscienza che abbiamo di lei, e della sua forza, e della facoltà di governarla, la maggiore responsabilità delle nostre opere e dei nostri divisamenti.

L'egoismo che sembra essere una forza speciale dissolvente, è invece una forza eminentemente socievole e conciliatrice. Tutti gli uomini sono egoisti, e non lo sono mai tanto che in ciò in cui sembrano esserlo di meno, nei loro affetti. Lo stesso amore, che è quella tra le passioni che li avvicina e li accomuna di più, e quella che apparisce più scevra di questo interessamento esclusivo di sè medesimi, non è che un egoismo più esigente e più raffinato. Egli è che le leggi della vita e della società sono costituite saviamente per modo che nessuno può giovare all'interesse proprio senza giovare a quello degli altri, e quanto è più attivo in ciò per sè stesso, altrettanto lo è per altrui - simile a quelle ruote d'un ordigno, ciascuna delle quali non può muoversi per sè sola, ma, una volta mossa, è d'uopo che trascini col suo ingranaggio tutte le altre e ne sia trascinata ad un tempo.

L'amore fino alla media età della vita è ascendente, da essa in poi discende. Si abbandona la famiglia nella quale si era nati, e se ne forma e se ne ama una nuova; si amavano i genitori, ora si amano i figli; si prediligono ai vecchi i fanciulli; e si cerca fuori della sfera delle nostre prime affezioni un elemento d'amore più vergine e più durevole. È perciò che la vecchiezza si accosta alla gioventù, e questa alla vecchiezza; e i giovani preferiscono in amore le donne adulte, e gli adulti amano di preferenza le giovani; e tutte queste forze dell'amore si completano a vicenda, dando o ricevendo, secondo che vi è di esuberanza o difetto. Ma ciò che v'è di crudele in questa legge è quell'abbandono e quell'apatia a cui la natura ha condannato la vecchiaia. Difficilmente l'amore dei figli perdura fino alla vecchiezza dei genitori, e avviene quasi sempre che questo affievolirsi dell'affetto, o le esigenze d'interessi materiali, o le cure di una nuova famiglia li separino in quegli anni sì bisognosi di conforti e di amore. Triste destino di quell'età infelice della vita che l'egoismo crescente dell'epoca mostra di peggiorare ogni giorno, e cui la civiltà (o ciò che noi vogliamo indicare con questa parola) non ha ancora trovato mezzo di rimediare.

Printed in Great Britain
by Amazon